# 不穏でユーモラスなアイコンたち

## 大城立裕の文学と〈沖縄〉

武山梅乗

*Umenori Takeyama*

晶文社

装幀　福嶋樹生

# 不穏でユーモラスなアイコンたち

## 大城立裕の文学と〈沖縄〉

目次

# 不穏でユーモラスなアイコンたち——大城立裕の文学と〈沖縄〉

序論

# 大城立裕と〈沖縄文学〉——その立ち位置をめぐる問題

## 1．アート・ワールドとしての〈沖縄文学〉と大城立裕の立ち位置

岡本恵徳は、「琉球処分」から敗戦に至るまでに沖縄において展開された諸々の文学活動と戦後のそれには質的に大きな隔たりがあることを指摘している。明治から昭和初期にかけての沖縄の文学活動は、近代化の流れのなかで沖縄独自のものを自己否定し、中央の文壇文学をモデルとしそれに近似することで表現を行ってきた。しかし、敗戦による本土との行政分離によって、戦後沖縄における文学活動は、中央の文壇文学から制度的な「断絶」を余儀なくされ、この物理的な断絶は、必然的に沖縄において文学活動を実践する者の眼差しを「自らの生きている地域の独自な性格」に向けさせることになったという。

米国の占領開始から数年を経て、『うるま新報』『沖縄タイムス』『沖縄ヘラルド』といった新聞及び『月刊タイムス』『うるま春秋』といった雑誌が刊行されるようになる。これらの媒体に山城

正忠、山里永吉など戦前から活躍していた書き手たちが作品を発表するようになる一方で、新しい書き手を求めての「懸賞募集」を通じて発掘された大城立裕や太田良博、嘉陽安男といった新しい書き手たちが新聞小説の中で育ってきた。しかし、岡本のこの時期における沖縄の文学活動に対する評価は実に手厳しい。一九四五年から一九五一年頃までの文学活動について、岡本は、戦前から活躍していた人たちは古い文学観や方法で文学活動を続けており、大城ら新人たちは方法について自覚的でなく、素朴で実感的な態度に終始しているという評価を下しているのである。

大城はこの時期の、自身の文学活動の出発点について次のように述べている。

私自身についていいますと、私の処女作が「明雲」ですが、あれのテーマが、戦争中とにもかくにも拠りどころをもっていた私の生が、戦後その拠りどころを失い、さてこれからどう生きるのかという模索の経験を作品にしたのです。つまり、われわれの世代は、物心ついて以来、暗い谷間ばかりをさまよい、自分のさいなまれてきたのを客観的にみることができなかったし、結局どこをめざしてゆけばいいか、全然わからなかったわけでした。それを模索するということが、私にとっては文学であったし、今もって正確にいえば、さぐりあてていないのです。……結局、各人各様の生き方を求めてそのまま文学にしてある以上、そこに才能に対する自覚や思想に対する自覚もないわけで、新しい自覚的な積極的な運動といいますか、そういった活動はできなかったろうと思うのです。（「出発に際して」『沖縄文学』創刊号、一九五六年）

大城は、太田や嘉陽ら戦後になってから新聞・雑誌の懸賞募集を通じて登場してきた「新人たち」や、船越義彰、大湾雅常、池田和ら「珊瑚礁同人」のグループ、社会主義リアリズムを理論的な根拠とし政治的な抵抗を文学活動のなかに盛り込もうとしていた同人誌『琉大文学』の新川明や川瀬信（川満信一）、俳句の松本翠果、俳句の富山晶一などと「沖縄文学の会」を結成し（一九五六年）、会の機関誌として『沖縄文学』を発刊する。「各人各様の生き方を求めてそのまま文学にしてある」という大城の発言は、『沖縄文学』創刊号の「出発に際して」と銘打たれた座談会で、戦争を体験したはずの太田、大城がそれを切実な問題として受け止めることなく、そのために沖縄の戦後文学の出発というものはきわめて「自然発生的」なものでなかったかという新川の批判的問いに対する回答として出されたものである。

大城がここで述べていることは、「自己確認」のため、青春期には「祖国」と一体となることを幻想していた自分が「祖国」を失ってしまった痛手、孤独をどう切り抜けるか、その思いを文章に表現したい欲望から、処女作である「明雲《めいうん》（戯曲）」を綴ったという告白である。つまり、一個人のアイデンティティをめぐる思想的な営みに大城の文学者としての出発点はあったのである。大城らのこの時期の文学活動が自然発生的なものであり、趣味的なもの以上に出なかったという岡本の指摘、自己の戦争体験に対する凝視や苦悶が作品上に現れていないという新川の批判の根拠もそこにあるといえる。

新川は一九五四年に、鹿野政直をして「沖縄の戦後文学史に残る」と言わしめた評論を続けざまに『琉大文学』誌上に発表する。『琉大文学』第六号に掲載された「船越義彰試論——その私小説的態度と性格について——」と同七号の「戦後沖縄文学批判ノート——新世代の希むもの——」である。前者は当時の沖縄の詩壇で代表的な位置にあった船越義彰に対する、後者は「新聞社の懸賞で出てきて、出ると間もなく雑誌がつぶれて、……新聞小説に走って、いわゆる作家として祭りあげられた」既成作家たち（太田良博、大城立裕、城間宗敏等）の作品に対する批評である。これらの「先輩」詩人、作家たちへの新川の批判のポイントは、沖縄の戦後文学は「空白」であり、その「空白」の原因は、「沖縄文壇」において文学的伝統・遺産への対決、あるいは国家権力へのアンチテーゼとして自分たちの文学を出さなかったこと、すなわち、「文学する者の主体性」が確立されていなかったという点にある。当時の大城はこの新川の批判を真摯に受け止め、「沖縄の文学の自覚的な歩みが今始められたものとすれば、『琉大文学』の功績を是非云わねばならないだろう」と発言している（傍点引用者）。

一九五〇年代半ばまでの、いわゆる沖縄戦後文学史を大城の視点からまとめてみたが、ここまで強調しておきたい点が二つほどある。一つは大城立裕という作家の出発点を、「自己確認」、失われてしまったアイデンティティの回復という個人的な動機に認めることができるということ。この点については第Ⅰ章及びⅡ章で詳しく論じてあるので、ここではそう指摘するにとどめておく。

もう一つ強調しておきたいのは、大城ら既成作家たちが『琉大文学』メンバーたちの批判によって自己の文学的立場や方法を明確にせざるをえない契機を与えられ、そして、様々な文学ジャンルを横断する、これも様々な文学観を横断するメンバーと連携して「沖縄文学の会」が結成され雑誌『沖縄文学』が発刊されたこと、また、そのなかで「沖縄の文学」や「沖縄文壇」という言葉が乱発されているということは、他のものとの間に画然とした境界線を有する独自の文学ジャンル、仮に沖縄文学とでもよぶべきもののイメージがそこに結集した人々のなかにある程度共有されていたことを意味するのではないかということ。

ラベリング理論で有名な社会学者ベッカー（Becker,H.S.）はモダン・アートを解釈する枠組みとしてアート・ワールド（art worlds）という概念を提示している。ベッカーによれば、アート・ワールドとは「芸術（アート）」として定義されるモノやイベントを〈生産する〉すべての人々、作品のアイディアを提供する芸術家本人はもちろんのこと、作品の原材料となる諸々の資源（絵具やキャンバスといった画材、楽器や楽譜、舞台衣装やメイク道具……）を製造・提供する人々、作品を表現するための言語を創造する人々、芸術家と協同して作品を完成させる手助けをするさまざまな人々＝俳優や技術スタッフ、編集者などのサポート・パーソネル（support personnel）、芸術の批評家、愛好者や鑑賞者等からなる、芸術作品が「芸術」として世に出るために必要なすべての人々の協同的なつながり（cooperative network）を指す。そのようなネットワーク、ベッカーの言葉を借りるなら、さまざまな人々からなる芸術を生み出すための「労働の分業」はいかにして可能になるのか？　芸術が一人の芸術家ではなく、複数の様々な利害をもつ人間たちの協同的な活動の結果として生み出されるとするならば、それらの活動は調整され、コンセンサスがえられなければならない。やがて一度コンセンサスを経た協同的な活動の手順は、協定的な慣習として、ベッカーのいうコンヴェンション（conventions）として芸術の諸実践が準拠するところとなる。すなわち、芸術に関わる設備・資源・施設のあり方、芸術家ないしはサポート・パーソネルの訓練方法、美学者や批評家が芸術を評価する方法等、芸術を「生産」するのに必要なあらゆる協定的な慣習の体系がコンヴェンションであるといえ、アート・ワールドとして描くことのできる協同調整的なさまざまな活動はコンヴェンションの存在によって可能になるのである。

戦後、「沖縄文学の会」に結集した人々のイメージとしてあった沖縄文学なるものを、ベッカーのいうアート・ワールドの一つとして描いてみようとする場合に問われるのは、そこにはどのようなコンヴェンションが存在するのかということであろう。「沖縄独自のものを自己否定し、中央の文壇文学をモデルとしそれに近似することで表現を行ってきた」という戦前の沖縄では、(岡本の説をそのまま受け入れるとするならば)独自のコンヴェンションなど(必要)なかったであろう。そのような場合には、中央の文壇文学のコンヴェンションに従えばそれで事足りると思われるからだ。しかし、いわゆる本土との行政分離によって中央文壇からの断絶を余儀なくされ、「自らの生きている地域」で自律的な文学活動を開始した人々の協同的なつながりは、一方で文学活動の実践を重ねながら、他方でその実践が沖縄文学であるための諸協定(すなわちコンヴェンション)を創造していかなければならなかったであろう。とりわけ、何をもって「沖縄文学」とみなすのかという評価の基準、沖縄文学の準拠枠についてのコンヴェンションの構築はまさに無からのスタートであったといえる。一九五〇年代後半、「沖縄文学の会」によった人々が「出発に際して」と銘打った座談会において、「これまでの歩み」「本土と沖縄の差異」「戦後不毛の原因」「琉大文学の果たした役割」「これからの方向」と話題を展開させつつも、その議論で終始問われているのが「文学する者の主体性」であったという事実からもそのことがうかがえる。

しかし、「沖縄文学の会」は一九五七年の『沖縄文学』二号刊行後に活動を停止する。岡本によれば、「沖縄文学の会」結成とその活動停止に続く一九六〇年代とは、「(本土の文壇の動向の影響とあいまって)文学的立場や方法が多様化し、……同人誌が輩出するとともにその離合集散が激しく」なった時代であるという。この岡本の指摘は一九六〇年代を通じて、沖縄文学という独自の文学ジャンルを生み出すための人々の緩いつながり、ネットワークが存在しながらも、それが構造化されるまでにはいたらず、また、そのネットワークに連なる個々の行為者の間にコンセンサスが形成されることもなく、すなわち「沖縄文学」のコンヴェンションがないままで、個々人が独自の文学活動を継続していたことを示している。

沖縄タイムス社が一九六六年に沖縄タイムス芸術選賞文学部門の発表機関として『新沖縄文学』を刊行したねらいの一つに、そのように「離合集散」する個々の文学活動を組織化していくという意図があったという。『新沖縄文学』は、長堂英吉、星雅彦といった新しい書き手の登場を促し、これまで文学活動を行ってきた大城や嘉陽安男らの作品発表の新たな舞台となった。そして、『新沖縄文学』第四号に掲載された「カクテル・パーティー」によって、一九六七年上半期の芥川賞を大城が沖縄の作家として初めて受賞することになる。大城の芥川賞受賞は、「沖縄文学」のアート・ワールドにとって、そして大城自身にとってどのような意味をもっていたのだろうか。

## 2. 芥川賞がもたらす苦悩 ——コンヴェンションの不在と「仲介者」——

本浜秀彦は、「オキナワ文学」の作家である大城の実質的な出発点であるという意味で、そして、『『オキナワ文学』というジャンルが『日本文学』のいかなる偏差に置かれるがゆえに生成するのかという、その制度的な作用を確認するために、これほど有効なテクストもないという意味においても』、「カクテル・パーティー」が「特権的」なテクストであることを強調している。「カクテル・パーティー」というテクストがどのような構造をもっていて、また、それが本浜のいう日本文学／

オキナワ文学という制度的布置においていかに〈読まれた〉のかという議論は第Ⅰ章に譲るが、ここでは芥川賞が大城に何をもたらしたのかを確認してみたい。

「純文学」の新人に与えられる芥川賞は、説明するまでもなく「本土の文壇文学」において最も権威ある文学賞である。その芥川賞を受賞することで、大城は「本土の文壇文学」を形成する人びとの協同的なネットワーク（つまり「日本文学」のアート・ワールド、以下〈日本文学〉）に組み入れられたことになる。しかし、大城は同時に〈沖縄文学〉というジャンルを生み出す人々の協同的なネットワーク（「沖縄文学」のアート・ワールド、以下〈沖縄文学〉）に連なる主要なメンバーの一人であり、芥川賞受賞後もそのつながりにとどまり続けたことから（「東京へ出ていって、僕は何を書くんですか」……私は東京へ出ていくことが怖かった）（『光源を求めて』一九九七年）、望むと望まざるとによらず、〈日本文学〉と〈沖縄文学〉の結節点として機能することを宿命づけられる。おそらくこのことが、芥川賞受賞によってもたらされた栄誉を帳消しにするくらいの苦悩を大城に与えたものと思われる。それは、大城が一方で〈日本文学〉のコンヴェンションを意識し、他方で〈沖縄文学〉のコンヴェンションが不在であるという当時の状況下で創作活動を継続していかなければならないということから生じる苦悩、挫折である。

芥川賞作家となることで大城は〈日本文学〉のコンヴェンションを強く意識したはずであるが、そのことによってこの作家は大きな挫折を味わうことになる。第一に、「カクテル・パーティー」という作品が基地沖縄という政治的な状況を「後追い」する形でしか「本土側の文士たち」に理解されない、すなわち本土の人々が政治というフィルターを通してしか沖縄を視界に入れられないということが明白になったこと。芥川賞の銓衡委員の選評を拾っていけば、委員たちの脳裏に「カクテル・パーティー」の芥川賞受賞とその時事性との関連が強く意識されていたであろうことを想像するのはさほど難しいことではない。第二に、沖縄の死生観やその他の神話的な空間が描かれており、大城が「カクテル・パーティー」よりも普遍的価値が高いとみなす作品「亀甲墓《かめのこうばか》」が「分かりません」という理由で本土ではまったく評価されなかったこと。大城は彼の代表的なエッセイである「沖縄で日本人になること」のなかで、このことを「試練」という言葉で表現し、「私の作品にたいする中央での評価が低いばあいに、ほんとうに技倆の不足によるものであるのか、『亀甲墓』のように、むこうがオキナワを知らないことによるものであるのか、判然としない」という不満を告白している。芥川賞受賞から沖縄の本土復帰前後に執筆された大城の評論、エッセイを収めてある『沖縄、晴れた日に』（一九七七年）には、大城の本土（文壇に限らずジャーナリズム、日本人一般を含む）への不信、そこからくる不安が延々と綴られてある。

本土から取材にきた記者が、「沖縄のひとは戦争体験をもっているから、反戦の気持ちがつよいそうですね」というから、私は客観的にはかならずしもそうとは限らない、ということを説明した……が、こうなると彼の新聞の編集上はなはだ困るので、記事になったとき、わたしの意見は無視された。（「戦後二十五年の思想――得たものと失ったもの――（一九七〇年）」『沖縄、晴れた日に』家の光協会、一六頁）

……『現代の眼』という雑誌で現地座談会をやり、それに出席した。そのなかで、なぜはやく復帰しなければならないかということにふれて私は、「憲法体制下に」ということを言っている。雑誌になったのをみたとき、はてなと思った。……そこに「沖縄の人たちが望んでいるのは、〝平和憲法〟下への復帰だ」とある。私のいった「憲法」はじつは〝平和〟という形容詞をつけて考えてはいなかった。……私はそのとき、革新の側における本土的発想のおしつけを感じ、いい気持ちがしなかった。そういう本土からのおしつけに、あのあと復帰運動がゆさぶられ、妙なぐあいになってきていると思います。（「憲法を突きぬけるもの（一九七〇年）」『沖縄、晴れた日に』家の光協会、二九頁）

古波倉保蔵という同郷の先輩は、私の『ニライカナイの街』という作品がとても好きだとおっしゃる。あれくらいコザの街というものを生き生きと描いた文章はない、という。文芸時評にはどう出たか、と興味をおもちだが、じつは文芸時評に出なかったと答えると、「批評家が知らないからな、コザの街を」というコメントであった。／知らないものには、たしかに関心を向けがたい。……日本人一般が〝沖縄〟を被害者状況としてのみとらえるあまり、小説をその面から高く買いすぎるか、さもなければ感傷的だといってけなし、そしてそれだけに終始して、その他の門からのアプローチを全然無視する傾向がある。（「通俗状況論のなかで（一九七五年）」『沖縄、晴れた日に』家の光協会、一五七―一五八頁）

ここで大城が訴えていることは、本土が沖縄を知らないゆえに、辛うじて知っていること（政治的問題）に解釈の枠組みを狭めて沖縄を理解しようとしていること、さらにその一義的な解釈を沖縄にも押しつけようとすることに対する異議である。大城の作品はときに沖縄内部においてさえも、本土によってあらかじめ準備された政治的、あるいは「状況的」コンテクストを通じてしか可視化されなかった。このことは〈沖縄文学〉に対する〈日本文学〉の相対的優位と、そして沖縄文学という枠組を生成させるコンヴェンションが不在であることをあらわしている。大城の作品が沖縄文学であろうとしても、〈沖縄文学〉のコンヴェンションがないため、それは本土から、極めて個人的な作品であるとみなされるか（感傷的だといってけなし……）、あるいは芥川賞作家である大城の作品を〈日本文学〉のコンヴェンションに即して極めて政治的な作品であると評価するか（〝沖縄〟を被害者状況としてのみとらえるあまり、小説をその面から高く買いすぎる）、そのどちらかの評価しかされなかったのである。

そのような状況にあって、〈日本文学〉と〈沖縄文学〉の界面として機能することを宿命づけられていた大城はどのような途を選択したのだろうか。まず外（本土）に向けて、大城は〈沖縄文学〉の不在のコンヴェンションを補う形での（私と沖縄についての）自己言及を開始する。大城の手による「沖縄文化論」の体裁をなすエッセイや評論の大部分が芥川賞受賞（一九六七年）から本土復帰（一九七二年）前後にかけて執筆されたものであるということは注目に値する。(1)

そこでは既に確認したような本土への不信感が表明されているとともに、本土の沖縄に対する無理解の背景にある（ヤマトとは異なる）沖縄の歴史・文化、そして大城の個人的な経験や大城作品が生み出された詳細な経緯などが綯い交ぜになって示されている。そこに読み取れるのは、新川明が大城の『光源を求めて』に見出した「戦後沖縄の文学を切り開き、作品によって体現してきたのは己ひとりだ、という自負」ではなく、沖縄文学である自身の作品をなんとかして〈日本文学〉のコンヴェンションのなかに正しく位置づけようとする熱意と、そして、それでもやはり本土は自作を理解することがないだろうという諦観であろう。

先述したベッカーは、芸術家がコンヴェンションの体系とどのような関係を取り結んでいるのかによって、芸術家を次の四つのタイプに分類している。①コンヴェンションの体系と完全に一致する標準的な仕事をする組織化された専門家（Integrated Professionals）、②コンヴェンションの体系を十分に知りながらもそれに対する不満をもち、コンヴェンションの一部に対して反逆的な仕事をするマーヴェリック（Mavericks）、③コンヴェンションの体系をまったく知らないためにそれを完全に無視した仕事をする芸術家（Naïve Artist）、④あるコミュニティにおいて特定の生産活動に携わるすべての人々にそのコンヴェンションの体系が内面化されてはいるが、コミュニティ内部ではそれが芸術のコンヴェンションであるという自覚がなく、外部によってそれが芸術であると認知される場合の民俗芸術家（Folk Artist）である。大城がこの芸術家の四つのタイプのどれに当てはまるのかを考えてみると、おそらくそのどれにも当てはまらないように思える。なぜなら、このベッカーの芸術家の類型は、おそらく一つのアート・ワールド内部におけるコンヴェンション体系への芸術家の志向性を分類基準にしているのであるが、大城は非対称的な二つのアート・ワールドの界面にいる「芸術家」であるからだ。大城の「芸術家」としての位置取りを喩えるなら、「組織化された専門家」でも「マーヴェリック」でも「素朴な芸術家」でもなく、「仲介者（mediator）」とでもよぶのが最も適当であろう。ベッカーは想定していないようだが、大城という作家が〈日本文学〉と〈沖縄文学〉という制度的布置において描く軌跡は、ある程度は〈日本文学〉と〈沖縄文学〉という二つのアート・ワールドが非対称関係にあること、そして〈沖縄文学〉のコンヴェンションが不在であるという事実から説明することができるのである。

## 3.〈沖縄文学〉の規準

話題を大城の芥川賞受賞「その後」に戻すと、外（本土）に向けては〈沖縄文学〉の不在のコンヴェンションを補う形で自己言及を開始した大城であるが、その一方で内（沖縄）に向けては、何をもって沖縄文学とみなすのかという評価の規準、すなわち沖縄文学の準拠枠の構築に向かって積極的に乗り出していく。大城が沖縄文学をどのようなものとして想定していたのかは、とりわけ、大城が選考委員として沖縄在住者、沖縄出身者を対象とする小説の新人賞の選考にあたる場合に、その発言のなかにはっきりとあらわれている。沖縄では一九七三年に「琉球新報短編小説賞」、また七五年には沖縄タイムス社による「新沖縄文学賞」といった文学賞が相ついで創設され、新しい書き手の登場をうながしたが、大城は芥川賞作家という立場から両賞の選考委員に就任する。「新沖縄文学賞」を例にして、大城がほのめかす沖縄文学の規準を確認してみたい。「新沖縄文学賞」は、受賞作品を決定すること、そして受賞の具体的な根拠を「選評」として公表することで、沖縄文学が準拠すべき規準を常に明らかにしてきた。その場において沖縄初の芥川賞作家である大城の発言は大きな重みをもっていたといえる。賞の創設から第一一回（一九八五年）まで、「新沖縄文学賞」の選考委員を委託されていたのは、当時奄美に在住し「ヤポネシア」論を展開していた本土の作家・島尾敏雄、大城、詩人で沖縄タイムス社の担当役員・牧港篤三の三人であった。この本土と沖縄（そして中立的な主催者サイドの代表者）という三者鼎立での選考体制は、たとえば、次に引用した、島尾と大城の同じ作品（平山しげる「宿借」、仲村渠《なかんだり》ハツ「母たち女たち」）に対する第二回、第八回の「選評」からもうかがえるように、本土対沖縄という視線の食い違いを最初から露呈していた。

（島尾敏雄）……「宿借」の古風な怨念節は私には捨てがたいものがあった。沖縄芝居の持っている通俗単純化の一面が私には好ましく思われるからだ。この作品にはそのような素朴な雰囲気があった。しかしこの作品は他の選者二氏の沖縄の内がわからの目にはまた別様に写っていて、私だけの推奨に終わった

（大城立裕）……「宿借」は、八重山を舞台にした糸満売りの悲惨な物語り。こういうお話もありましたという沖縄民衆史は、すでに語り草になってしまったが、それを文学作品として残しておきたいという意図から出たものであろう。……読んでいて退屈なのは、人物関係も人物像も類型的、表現が陳腐で、したがってこの作品によって発見されたものがないせいであろう。この世界を知らなかったものには一種の興味をあたえるかも知れないが、文学作品とは現実世界に新しい表情をあたえることである。……沖縄民衆史に提材《(ママ)》をもっているらしいが、それにどう新鮮なものを添えるかが宿題であろう。（『新沖縄文学』第三四号、一九七七年）

（島尾敏雄）……「母たち女たち」（仲村渠ハツ）は、一見無造作な筆致を読む者に覚えさせながら、描かれた沖縄の女たち……の姿は誠に生き生きと私に伝わった。自衛隊にからまる二家族の動静が、いわゆる沖縄風普通語の対話の中で微妙に反響し合いつつ展開され、沖縄の人た

ちの発想や行動、挙措が、あるがままの形で写し取られているように感じられた。あるがまま、ということは有り得ないだろうから、甚だ幸運な万象の瞬時の均衡の中で自然な場所を得たのだと思える。勿論文体や会話の表現のゆるみがそのままあらわれてしまっている面があるが、それとても奇妙に現代の沖縄の投影と見える所が面白かった。

（大城立裕）……「母たち女たち」（仲村渠ハツ）は、私から見ると、逆に素直すぎて魅力がない。それは発見がないということとも通じる。このようなテーマと筋立ては、沖縄に生きている者としては、きわめて常識的に着想されるものであって、今更これを出されても、「ああ、そうですね」と応じるほかに、なんら興味の発展を望みがたい。題名の個性のなさにも、それはあらわれていよう。（『新沖縄文学』第五四号、一九八二年）

本土と沖縄の視線の食い違い、より具体的には島尾と大城との意見の対立がいかに埋めようもないものであったかは、第一回から第九回までの「新沖縄文学賞」選考において、受賞作がわずかに二作品しかなかったことに端的にあらわれている。島尾と大城の候補作に向けるまなざしの違い、言いかえるなら沖縄文学の規準についての対立ポイントはどこにあるのだろうか？　簡潔にいえば、それは「土着」をめぐる解釈の相違にあるといえる。沖縄的な素材に対して「意識的な結晶操作」を求め、候補作の「文章の荒さ、平板な説明への傾き、用語の曖昧な使用」をきつく戒めはしながらも、島尾の土着的なものに向けるまなざしは常に温かく、その面を積極的に掬い上げる傾向にある。これに対して、沖縄を代表する大城の土着的なものに対する評価は非常に厳しい。

島尾が病気で第一二回から選考委員の座を退き、その後本土を代表する選考委員として河野多恵子、三枝和子らがその後を継いでゆくが、島尾が選考委員を去った後、「土着」をめぐる本土対沖縄の対立は次第に影をひそめてゆく。選考委員の間で共有されるべき候補作の評価のポイントは、作者の才能・将来性や作品の新しさであり、あるいはその作品が純文学なのかエンタティメントなのかという、沖縄文学を越えたより広範な、純文学的、あるいは文壇的な問題へと移行していく。

しかし、この「土着」をどう表現するかということに関する沖縄文学の規準は、第一回から選考委員であり続けた大城の中で、島尾の本土の視線を鏡として次第に確固とした形をとり始める。大城が選評の中で指摘する「土着」の問題は、大きく「方言」と「素材・テーマ」とに分類することができる。

大城は、とりわけ島尾が「新沖縄文学賞」の選考委員であった初期に、候補作品の「方言」の使い方を問題として指摘している(2)。大城が「実験方言をもつある風土記」という副題をもつ小説「亀甲墓」(一九六六年)を書いたきっかけとなったのは、「標準語で土地柄のリアリティを出すのは難しく、かといって方言では通じない」という認識であった。そこで、「方言アクセントと語法上のナマリによる共通語」が実験として編み出されたのである。ここで重要なのは、大城の沖縄方言では通じないという認識であり、その点に大城が小説を創作する上で〈日本文学〉のコンヴェンションを意識していることがうかがえる。

「実験方言」の先駆者として、「新沖縄文学賞」選考においても、大城は候補作品の方言の使い方に対して実に厳しい評価を下している。選評からうかがえるのは、「新沖縄文学賞」の受賞作に値する作品、すなわち沖縄の文学は根本的に日本語で書かれるものであり、日本語で書かれる以上は、方言を使用してもそれが日本語として通じなければならないという姿勢である、また、次に引用した選評にはっきりと示されているように、方言を使うには文学的な必然性がなければならないし、方言使用にそのような必然性をもたせるためには文学的な方法が必要であって、従って方言を「ナマまま」書くのは言語道断であるという主張である。

……私が最も気に入らないのは、その方言である。小説に方言を用いるのは、発想の源に沖縄口があって、どうしてもそれを使わなければ雰囲気が出せないからである。そこで、ウチナー・ヤマトグチも出る。ところが、この作品に使われた方言は、逆にヤマト・ウチナーグチであある。つまり発想の源はヤマトグチであって、方言を書く必然性がない。(「『新沖縄文学賞』選評」『新沖縄文学』第三〇号、一九七五年)

……島尾さんなどは、これを高く評価した。しかし、私はやはりその方言会話をナマのままに書いたところが、気にいらない。……方言会話をナマのままで書くことは、標準語会話以上に厳密な方言意識をもたなければならないことだけを指摘しておく。(『新沖縄文学』第三四号、一九七七年)

また大城が「新沖縄文学賞」の選考を通じて一貫して問題としているのが、素材・テーマに関わるものである。島尾が、候補作の書き手たちが作品に無意識的に滲ませるテーマや素材の沖縄性、土着性を手放しで称賛するのに対して、大城は、方法意識がないまま取り上げられる候補作の土着的な素材、テーマに対して極めて厳しい姿勢で臨んでいる。「方言」と同様に、作中に用いられる素材やテーマについてもそれを「ナマのまま」扱っている作品、すなわち、作者の実体験や戦後沖縄の社会問題について「フィクショナル」な操作を怠り、単なる説明や報告にとどまっている作品を大城は嫌う。そして、作品の先にそれを読む読者がいる、読者を意識しなければならないのだという点を強調してみせる。文学、特に小説は、単なる事実や常識を超えた新しい視点や世界像を読者に提示しなければならないのであって、そのためには土着の題材にべったり依存するのではなく、方法意識を高め、ナマのままでは陳腐な題材を確固とした小説のテーマに昇華させなければならないことを大城は強調するのである。

……「沖縄」を小説にする場合に、つい安易な表現にのせてしまいがちなことが、二種の顕著な題材にあることは念頭にあったが、こんど、あらためてそれを意識させる作品が四つも出たので、とくに書いておきたい……二つの作品（「あの時、曾祖母は（上原利彦）」、「海の引き（真久田正）」）から得られる教訓は、沖縄の霊感世界が、沖縄の人なら気になって仕方ないので、つい小説にしたがるのはわかるが、安易な姿勢で手をつけると説明に堕してしまう、ということだ。霊感世界ほど、相当にフィクションの操作が要るものだと理解してほしい。もう一つの題材が、本土から沖縄を（あるいは沖縄から本土を）見てのカルチャーショックをモチーフにした作品である。こんどの「少女たち、そして少年たち」「島の眺め」（ともに鈴木次郎）がそれである。題名に個性がないのを観てもわかるように、ナマの題材をこえてテーマを絞り得ていない。もっと実体験を濾過して、テーマを昇華させなければ、陳腐な題材にとどまる。

（『沖縄文芸年鑑』、一九九九年）

「ナマの方言」への批判、「ヤマト・ウチナーグチ」批判、あるいは「充て字」批判といった大城の「文体」理念が構築された文脈を分析した松下優一は、そのような大城の意識のなかに、沖縄に生きる知識人のひとりとして、大城が復帰に際して立ち上げたアイデンティティ・ポリティクスを読んでいる。「新沖縄文学賞」選評にあらわれているような大城の「文体」意識、とりわけ松下のいう「語彙への特化」、つまり、「日本語の語彙をふやす可能性のあるもの」という基準によって「沖縄語」のなかから「語感」及び「沖縄的風土性」をもつ語彙を選別して使用するという方法論の選択は、「ヤマトの読者」に対するテクストの意味伝達性と「沖縄語」の発想・意味内容における真正さを同時に確保する一方で、同じ「ヤマトの読者」が沖縄に求める単純な異文化性（「ローカルカラー」）への期待を拒否するところに成立しているという。[3] このことは〈沖縄文学〉のコンヴェンションという問題を考える上でも非常に重要な指摘であるといえる。大城がテクストの意味伝達性を重視しヤマトの読者のリーダビリティ確保に努めようとしているのは、〈沖縄文学〉が〈日本文学〉との関係の上に成立するアート・ワールドであるという認識を大城がもっている証拠であろう。また他方で、「沖縄語」の真正さにこだわり、ヤマトの読者がそれをエキゾチックな何かとして消費することを拒否する姿勢は、それでも〈沖縄文学〉が自立した一つのアート・ワールドであって、そのネットワークに連ならない部外者（ヤマトの読者）が〈沖縄文学〉のコンヴェンションへ介入することは一切認めないという大城の認識のあらわれであるかのようにみえる。

そのような大城の「文体」理念の背後にあるのは何か？　松下はそれを「日本語の表現領域をひろげる」という大城のロジック（貢献論）だとする。そしてその貢献論は大城自身が沖縄返還（一九七二年）に際して立ち上げた文化的アイデンティティの確立法と相同的な関係にあると松下はいうのである。

## 4．全方位了解の哲学

### (1) 複眼、同化と異化

松下の指摘する、大城が沖縄返還に際して立ち上げた文化的アイデンティティとはどのようなものであったのだろうか？　少し迂回して、大城本人のアイデンティティの問題についてふれた後で、その「文化的アイデンティティ」のもつ意味について考えてみたいと思う。

典型的な戦中世代で、敗戦後「日中の提携と中国のために働くつもりでいたら、敗戦で大学は閉鎖になり……沖縄に引き上げてきたら、沖縄は日本でなくなって」どう生きていけばよいのか悩んだ大城が、この悩みをなんらかの文章にしたいと思い処女作である戯曲「明雲」を書いたことは既に述べた。いわば、この文学との出会いが生きる目標を失って意気消沈していた大城を蘇生させたといえるが、同じ頃に、人生の方向性を指し示してくれた、もう一つの幸運な出会いに恵まれたという。それは、大城の言葉を借りるなら「両義性、あるいは全方位了解の哲学」である般若心経との出会いである。般若心経との出会いによってえたものを大城は次のように説明する。

私としては、年二十歳までに仕入れた世界観が無に帰したからと言って、嘆くには当たらない、と教えられました。その後六〇年間、沖縄の社会の諸現象に一喜一憂することなく、あらゆることに全方位解釈する癖がつきました。(4)

ここで全方位解釈、あるいは両義性と大城がよぶものは、その呼び名をさまざまに変えて、大城のエッセイ、評論のいたるところに登場してくる。

大城の世界を「アンビバレンスのままの明晰さ」と形容する鹿野は、「カクテル・パーティー」(及び「山が開ける頃」)を「大城における沖縄の主体回復の模索途上での作品」と位置づけ、その地点における大城の諸矛盾を自覚的に捉える立場が「複眼」の視点にあることを指摘している。第Ⅰ章でも述べているが、「複眼」とは大城が演劇集団「創造」の上演パンフレットに寄せたエッセイのタイトルであり、そのパンフレットのなかでは、複眼が「複雑な対象を多面的にみるための視点」であると説明されている。複眼はもともと「日本復帰」を目前にした「今日」において、「沖縄に生きる者」に求められる精神のあり方を示すものなのだが、それが鹿野によって、大城という一人の作家のアイデンティティのあり方に変換されていることが次の鹿野による大城評によってわかる。

……「正も反も善も悪も、一団のなかに吸収し表現しなければならない演劇創造のなかで、いまいちばん要求されるものは、複雑な対象を多面的にみる複眼だと私は思う。」彼(大城)は、矛盾に支配されず、逆に矛盾を飼いならす〝ふてぶてしさ〟をもつ精神の醸成を提唱していたのである……こうした提唱は、今から思えば、きたるべき次の大波、いわゆる日本復帰に

立ち向かうための準備体操へのいざないとしての意味をもっていた。（鹿野、一九八七：三七四頁）

この複眼の視点は、「同化と異化」という沖縄のアイデンティティの振幅をあらわす発想において大いに活かされることになる。大城は『朝日ジャーナル』（一九七二年五月一九日号）に掲載された評論「同化と異化のはざまで」において、沖縄文化の第二の転形期は可能かという問いかけをする。ここで大城がいう「転換期」とは、波平恒男の言葉を借りるなら、日本文化との関係において、『同化と異化のはざま』で揺れてきた沖縄人のアイデンティティ形成における数世紀単位のマクロな趨勢の転換」のことである。大城によれば、第一の転形期が一四、五世紀から一七世紀の「薩摩入り（薩摩藩による侵略）」まで三百年の間にあらわれた日本文化への同化過程である。以後、薩摩入り、琉球処分、沖縄戦と三度にわたって沖縄が文化的に日本へ同化する機会があったが、日本側からの「差別支配や突き放し」によって同化は成功しなかった。そして、「サンフランシスコ体制で日本から一応切れてみた機会に……日本に対する『異化』の思想があらわれ」、その思想の延長線上で行われているのが「沖縄方言裁判[5]」であって、大城はそこに今度は同化から異化へと針が振れる第二の転形期の可能性をみるのである。沖縄人のアイデンティティを「同化と異化のはざま」で揺れ動くものとしてとらえる発想の源にあるのは「両義性、あるいは全方位了解の哲学」であろう。

この「同化と異化」という発想を含む大城の沖縄文化論は、新川明によって「同化主義」として批判されるのであるが、「同化と異化のはざまで」を丁寧に読んでいけば、大城が同化主義とは逆のこと（立脚点は異なるといえどむしろ新川の「反復帰論」に近いこと）を主張していることがわかる。波平は、一九五三年一一月に沖縄タイムスに出した投書「学童を政治に使うな」を嚆矢として、大城が一貫して祖国復帰運動への（正確にいえばその運動を支えていた「素朴ナショナリズム」とその運動の担い手であった教師及び教職員会への）批判者であり続けたこと、またその一方で、米国統治からの解放という喫緊で現実的な課題に対応するため（私が復帰を支持した理由はただ一つ、基本的人権が憲法体制によって守られると期待したからです）、これも比較的早い時期から復帰派としての立場を選択していたこと、しかし、実際の復帰は多くの沖縄人にとってと同様に大城にとっても憤懣やるかたないものでしかなかったことを指摘している。

松下の指摘する、大城の「文体」理念に最も顕著にあらわれている「日本語の表現領域を広げる」というロジック（「貢献論」）はそのような状況下で召喚されたものに他ならない。「人権回復」や「反戦平和」のためには国家という枠組みに帰属せざるをえないが、素朴なナショナリズムとは距離を置いていた大城がそのジレンマから抜け出すために確立したのが「沖縄問題は文化問題である」という命題である。波平はそれを「沖縄とアメリカおよび日本（本土）との関係を三者の各々を広い意味での『文化』と捉えた上で、その模倣（同化）や抵抗（異化）の作用ないし相互作用という視点から見る」こととして説明している。復帰運動を「アメリカの文化侵略から身を守るために、日本文化のカサのなかへ逃げ込」むこと、すなわち「アメリカ支配を否定する、つまり沖縄のアイデンティティーを主張する論理は、本来沖縄そのものの文化の自立性を自覚し主張することから始めなければならなかったのに、そこをとびこして『われわれは日本人である』と日本のアイデンティティーのなかにみずから好んで組み込まれていく」ものとみる大城の発想のなかにその命題がよくあらわれているといえる。

沖縄返還によって既に政治的、経済的には「本土」との一体化が始まっている。そのような状況において沖縄の主体性（アイデンティティ）を確保するためには、「沖縄問題は文化問題である」と断ずることによって、文化を政治や経済とは切り離し、文化の自立性を主張しておく必要があると松下はいう。大城が沖縄返還に際して立ち上げた「文化的アイデンティティ」がそれである。しかし、政治・経済体制における日本への統合は文化面においても沖縄の自立を決して許さず、ヤマト文化は沖縄文化を確実に侵食していく。大城の理解よれば、それはとりわけマスメディアによる沖縄口の侵略という形であらわれる。(6) その時に沖縄の文化アイデンティティはいかにして確保できるのか？　大城はあるエッセイで次のように述べている。

沖縄方言はいずれ滅びるものである。その傾きを、いかなる運動もくいとめることはできない。ただ、そのよさを残すためには、日本語に移植するしかない。詩人、作家の使命がそこにある。（「沖縄で日本語の小説を書くこと」『沖縄、晴れた日に』家の光協会、一九七七年）

「日本語に移植する」という荒業をもって滅びゆく沖縄方言を「残す」という発想。つまり、「日本文化に移植することで危機に瀕した沖縄文化をながらえさせる」ことが、大城にとって沖縄の文化的アイデンティティを確保するためにとるべき唯一の選択肢であった。そのような発想が大城の「文体」理念においては、「日本語の表現領域をひろげる」あるいは「日本文化に貢献する」(7) といった貢献論に援用されているのである。

## （2）土着から普遍へ

「カクテル・パーティー」より後の作品に目を向けるならば、大城は、いわゆる「客観小説的構造をもつ作品」に徹しつつ、沖縄の歴史に沈潜していく。『小説琉球処分』（一九六八年、ただし新聞連載は一九五九〜一九六〇年）『恩讐の日本』（一九七二年）『まぼろしの祖国』（一九七八年）のいわゆる「沖縄の命運」三部作は、沖縄返還前後に相次いで刊行された。大城自身、『小説琉球処分』が「日本の前の沖縄」、『恩讐の日本』が「日本のなかの沖縄」とするなら、『まぼろしの祖国』は「日本のそとの沖縄」を描いたと述べている（『小説琉球処分』後記）ことからもわかるように、「沖縄の命運」三部作は、大城の日本への深いこだわりが示されている「日本との関係史」三部作であるともいえる。『小説琉球処分』は琉球藩の設置（一八七二年）から一八七九年の琉球王国の日本への編入（いわゆる「琉球処分」）までを細部にわたって描き出した長編小説であり、『恩讐の日本』は「琉球処分」後、本部事件や川上肇講演舌禍事件が起こった一九一〇年前後までの明治期の沖縄を舞台に、山原の小作の次男として生まれた仲村渠仁王《なかんだりにおう》の「ヤマト人」になろうとしては挫折する軌跡を物語の軸としてすえながら、実在する人物、史実、風習等を相互に関連づけ近代沖縄を描き切った作品である。そして、『まぼろしの祖国』は、沖縄戦の末期から一九七二年までの米軍統治下の沖縄を、一九四五年八月一五日に南部の壕内で生まれ一九七二年五月一五日の沖縄復帰の日に遺書を残して姿を隠す萩堂善市の人生を中心に描いた戦後沖縄そのものが主人公であるといってよい作品である。

波平の言葉を借りるなら、「沖縄の命運」三部作はいずれも、沖縄の歴史を「（政治主義的な）単純化を排して、複雑なものをその複雑性における全体として、描き出そうと」した渾身の力作であるといえるが、大城にとっては、「……沖縄の近代史がまだ全国的に知られていない事情にひきずられたせいもあって、近・現代史の表層の絵解きに止まってしまった憾みがある」作品だという。この反省は、「国内植民地とは何か?」を問うことを当初のねらいとしていたのに、ヤマトの読者が沖縄の近現代史を知らないためそれを詳述するところに大きく紙幅をとられ、結局その問いに応えるべく「日本国家の体制とその人間への投影を、深層の表現として」出すまでにはいたらなかったことの表明である。この反省のなかにも、大城がヤマトの読者を、あるいは〈日本文学〉のコンヴェンションを強く意識していたことをうかがうことができる。

その次に大城が向かったのは、古琉球である。「沖縄の命運」三部作で取り上げた近代を「さらに遡って長いスパンの歴史を書かなければ、という衝動にかられ」、いわゆる「神から人へ」三部作を順次発表していく。その最初の作品が、一五世紀の第一尚氏から第二尚氏への代替わりを、久高島の神女クニツカサと王位を簒奪しようとする金丸及び金丸を押し立てた男性シャーマンの安里大親《うふや》との対決、そして前者の敗北に象徴される「古代の女性的な呪術社会から男性的政治社会への転換」として描いた『神女《のろ》』(一九八五年)である。

次の『天女死すとも』(一九八七年)では、琉球王朝の最盛期とされる第三代国王尚真王(一四七七年から五〇年在位)の時代、尚真が按司とよばれる領主たちを王府である首里に住まわせて中央集権化をはかる一方で、各地の神女を王の姉妹である最高神女・聞得大君《きこえおおきみ》の下に組織化することを通じて女性的文化が男性的文化である政治により一層利用されていく様子が克明に描かれている。『花の碑《いしぶみ》』(一九八六年)は組踊の創始者である玉城朝薫を主人公にすえて、彼と政治家である蔡温、そして朝薫の弟子で琉歌に破調としての「仲風」を生み出した平敷屋朝敏、三者の葛藤をドラマティックに描きながら組踊の誕生の秘密を探ろうとする作品である。大城は「物をいう踊りとしての」この新しい芸術の誕生に「神とじかに接した古代」から「人間発見の時代」の転換点を見いだそうとしたという。

沖縄復帰前後から七〇年代を通じて、沖縄の近代を日本との関係のなかでとらえようとしていた大城であるが、八〇年代にはこのようにその創作においても、そして評論やエッセイにおいても沖縄文化の深層に沈潜していく(8)。八〇年代のこうした動き、そして続く九〇年代に大城が示した軌跡を一言で表現しようとすれば、「土着から普遍へ」であろうか。『新沖縄文学』三二号に掲載された、『新沖縄文学』の十年」という座談会で、米須興文は、西洋の思想は西洋の土着から出てきた普遍であることを指摘し、沖縄のアイデンティティを打ち出す上で、自分の土壌に根ざしたもの（土着）を普遍的な次元へ発展させる形がほしいと述べている。それは、大城によって「自身の文化の基層に認識と表現を及ぼしてこそ、普遍的である」という形で理解され、自身が（そして沖縄文学が）追求すべき文学的課題として認識されるにいたった。「土着から普遍へ」、大城らしい両義的なテーゼであるといえる。

一九九六年一二月、大城を中心として企画された「土着から普遍へ」をテーマとする文学フォーラムが那覇市で開催された。その時のパネル・ディスカッション「沖縄・土着から普遍へ」において、大城は以下のような発言している。

……沖縄の生活風俗を書いても歴史や民俗の絵解きに止まっている限り普遍性を持たないと思います。神話的なものを発掘したら普遍性を持つのだと思いますが、それは書く側の技量と読む側の理解力が合体した時にこそ有効だと思います。（沖縄文学フォーラム実行委員会編『沖縄文学フォーラム　沖縄・土着から普遍へ――多文化主義時代の表現の可能性――』一九九七年）

「土着から普遍へ」は、土着を脱したところに普遍があるというのではなく、土着を掘り下げていったところにこそ普遍に達する鉱脈がみつかるという命題であり、大城はその鉱脈を「神話」とよぶ。しかし、大城がこの「神話」についての、あるいは普遍性そのものについての議論を、ときに日本文化（日本神話や日本語）と過度なまでに関係づけることから、あるいは、大城の「文体」意識を説明する際にふれた「日本文化への貢献」があまりにも強調されていることから、この命題そのものが大城の同化主義をあらわすものではないかという批判が鹿野や新川らによってされてきた。

しかし、大城はパネル・ディスカッションでのこの発言の後に、「芥川賞をもらったときに、東京の新聞記者のなかに「この人は沖縄しか書けないのじゃないの」と言った人がいたそうで、わたしをひどくがっかりさせました」「では東京しか書けない人は否定的な批判の対象にはならないのだろうか、という疑問を持ちました」と続けている。つまり、この一連の発言に示されているのは、ある作品が普遍性をもつかどうかの最終的な判断は、読む側＝東京に委ねられていて、読む側＝東京にその作品の普遍性を感知する能力がなければ、結果としてその作品は普遍的となりえないだろうという大城の理解である。実は大城はこのパネル・ディスカッションより大分前に既にこのことを問題としている。あるエッセイにおいて、大城は次のように述べている。

このごろ世に「沖縄を通して日本が見える」という言い方があるが、沖縄の文化は日本を見る鏡を目的として存在するのではないはずである。／「沖縄」それ自体のうちに文化、文明の普遍的な実相と運命の表現を探らなければならない、と考えるようになった。／ただ、それが普遍的な理解を得られるかどうかは、ひとつの課題になる。というのは、普遍的な理解といっても、とりあえず本土の、わたしたちの言葉でいえば「ヤマト」の人たちによる理解が先決になるからである。駆け足で言ってしまえば、ヤマト文化をとおしての理解を超える文化が、わたしたちの表現にみられるとき、表現者と読者とのどちらが一歩を退くか——それは、「沖縄」が「昭和」をとおして「日本」にからめとられたか蘇生したかの、試金石にもなるのである。

（「番外日本人への道」『波』一九八九年五月号）

波平は、大城のエッセイのこの部分を引き合いに出しながら、「土着から普遍へ」という大城のテーゼ、とりわけ同化主義ととられがちな「日本文化への貢献」というロジックが「国策への同調やマジョリティへのコンフォーミズム」では決してないと大城を擁護する。「日本文化への貢献」を言わざるをえない立ち位置、しかもその発言が同化主義と読まれてしまうような、そんな立ち位置に大城はいた。一九九〇年代、大城はその時点でやはり〈日本文学〉と〈沖縄文学〉の界面に立っていたといえる。

## 5．ポリフォニックなテクストへ

「神から人へ」三部作のうち、『神女』と『天女死すとも』は、男性文化がもたらした女性文化衰亡の過程を描くものであるが、続く（書かれた順番的に言えば「神から人へ」三部作の方が新しい）「沖縄の命運」三部作では、沖縄の女性文化が「『ヤマト』という男性文化に組み敷かれて戦争へ向かう過程」が描かれていると大城はいう。それでは、三つ目の三部作、『日の果てから』（一九九三年）、『かがやける荒野』（一九九五年）、『恋を売る家』（一九九八年）のいわゆる「戦争と文化」三部作では何が描かれているのだろう。『恋を売る家』のあとがきで、大城は、沖縄の「戦後」を沖縄戦によって破壊しつくされた社会システムの復興過程としてとらえ、その復興に沖縄の女性的な基層（土着）的文化がどのように貢献したのか、あるいは貢献できなかったのかをこの三部作で問おうとしたと説明している。

第Ⅲ章及び第Ⅳ章で詳しく述べてあるが、「戦争と文化」三部作はいずれも、一方に人間生活を破壊もしくは堕落させるものとしての戦争、あるいはその象徴としての基地を配置し、他方にそれに対抗する力として、主に沖縄の女性によって担われている沖縄の基層文化を置き、両者の拮抗関係を軸に物語が進展していく。それでは、「戦争と文化」三部作で大城が問おうとした、沖縄の社会システムの復興にその女性的な基層文化が貢献したのかどうかという問いにはどんな答えが用意されているのだろうか。結論をいえば、沖縄の女性的な基層的な文化は、かつてそれを衰亡に導いた男性文化の残滓であろう戦争やその象徴としての基地という存在に対抗できるだけの力を常に発揮できるわけでもなく、特に後の二作品では前者は後者に徹底的に打ち負かされてしまっている。たとえば、『恋を売る家』の福元家は沖縄の伝統的な秩序の中で格式の高い神女殿内《のろどんち》の家柄であるが、戦後その神女地二万坪のほとんどを米軍によって接収され、姑のミトはノロ職を務めることができずにいる。地代という不労所得をあてに生活を営まざるをえないようにされた長男英男は闘牛三昧の生活を送るだけでなく、「琉球の創世神が降りてきて国づくりをはじめた聖なる島」である久高島がみえる場所にモーテルをつくり、最後には逮捕されてしまう。沖縄民俗の象徴であるオバァのミトは失意のうちに憤死する運命を与えられる。そのように、「戦争と文化」三部作では、沖縄の基層文化が基地経済を軸に復興した社会システムの前にあってまるで無力な存在として描かれているのである。

戦後の復興に沖縄の女性的な基層的文化がどのように貢献したのかという問いに対して、大城が出したこの答えは、これまで大城が展開してきた沖縄文化論を知る者にとっては予想外のものであるといえよう。しかも、不思議なことに、「戦争と文化」三部作、とりわけ『かがやける荒野』、『恋を売る家』の二つの作品で、ある意味では大城の沖縄文化論から予測できるような結末を裏切る形で解答が出されたことに大城が満足しているようにもみえるのだ。

その満足感はどこからきているのだろうか? 大城は、「戦争と文化」三部作最後の作品である『恋を売る家』の「あとがき」で、『日の果てから』や『かがやける荒野』を書いたことで、「ようやく絵解きを抜け、テーマも「沖縄」にとどまることを拒否するようになった」こと、そして「戦争と文化」三部作の完成によって「三十七年かかって沖縄の歴史と文化を一応卒業し、それが同時に普遍的な世界を見せることになったかというところで、私自身の年齢が古希をこえ、これからは余命のなかに自由なテーマが待っている」ということを述べている。沖縄に大きくよりかかることなく「戦争と文化」という普遍的なテーマを書き切ったという確信が大城にあったに違いないのである。なぜ沖縄にとどまることを拒否すること、あるいは沖縄の歴史と文化の「絵解き」を卒業することが普遍へとつながっていくのか？　大城がそのように宣言する意味に目を向ける必要があるだろう。既に引用したエッセイ「番外日本人への道」での大城発言とあわせて考えるなら、大城がとどまることを拒否したのは「日本を見る鏡を目的として存在する」沖縄ではあるまいか。芥川賞作家、しかも「言語の七島難」があるがゆえに「文学不毛の地」といわれた沖縄が輩出した初の芥川賞作家である大城が、〈日本文学〉と〈沖縄文学〉の界面に立たざるをえなかったこと、そしてその位置に立つ者の使命感から一方で〈日本文学〉のコンヴェンションのなかに沖縄文学を正しく位置づけようとし、他方で自立的で正当な〈沖縄文学〉のコンヴェンションを構築しようとしたことはこれまで繰り返し述べてきた。しかし、その立ち位置は大城を一方で日本の視線に従い、他方で日本の視線を拒否するというダブルバインド的状況に置き、その位置において創作される作品、あるいはそこから発せられた言説は、大城の意図とは切り離され、「日本を見る鏡」を経由するという屈折した読まれ方をされ続けたといえる。大城は、「戦争と文化」三部作を書き上げるなかで、そのことに気づいたのではないか、「ヤマトの人たちによる理解」を優先しなくともよい、「ヤマト文化をとおしての理解を超える文化」がわたし（たち）にはあるのだと。そうして、〈日本文学〉と〈沖縄文学〉の界面に仲介者として立つのを止めたとき、大城の視界に入りこんできたのが「普遍」とよびうるような自由な境地だったのではないだろうか。

「戦争と文化」三部作を転回点として大城作品がどのように変わっていったのかは、本書第Ⅳ章と第Ⅴ章において詳しく分析しているので、ここでは要点だけをまとめておくが、その転回で大城のテクストが示す変化は女性表象と創作技法においてもっともよくあらわれている。女性表象についていえば、それまでの大城は沖縄の基層文化を表象する神女やユタ、あるいは「ものに動じない悟りきった行者の風格すらある（米須興文）」沖縄のばあさん＝オバァを好んで描き、それら伝統的な価値観を体現する女性たちはテクストにおいて重要な役割を担わされていた。しかし、「戦争と文化」三部作以降の作品では、そういった女性たちが影をひそめ（登場しないということではない）、その代わりに沖縄の基層文化、基地文化、ヤマト文化が混在する沖縄の戦後という多元的な状況を複数のアイデンティティを切り替えることで泳ぎ切る、新しいハイブリッドな女性像が前景に浮上してくる。

創作技法については、大城は従来、これも彼の全方位了解の哲学のあらわれといえるが、「人間の内的な葛藤を異なった人格の関連と構造に代置する（岡本恵徳）」戯曲的方法を好んで多用してきた。言いかえるなら、それは特定の価値や理念を登場人物のキャラクターに投影する方法であり、そのことによって、大城作品に登場するキャラクターたちは、たとえばコンピュータにおいてプログラムの内容をわかりやすく示すアイコン（icon）のような役目を果たしてきたといえるのである。ところが、「戦争と文化」三部作以降の大城作品では、プログラム（物語）の内容をわかりやすく読者に伝える「素直な」アイコンが姿を隠し、とってかわるように、物語に不穏な空気を醸し、その予定調和的な構造に対して不穏な動きをみせるアイコンたちが登場してくるのである。

一般的に最も広く知られた大城作品であるのに、その重要性に比して「カクテル・パーティー」が十分に論じられてこなかったことを指摘する大野隆之は、「カクテル・パーティー」（とりわけその前半部分）を再読する理由として、その作品の内実が大きく時代を超えているという点をあげている。「カクテル・パーティー」の前半部分で展開されている、私＝沖縄、ミラー＝アメリカ、小川＝日本、孫＝中国との「沖縄文化」をめぐる終わりなき対話は、普天間基地や尖閣諸島といった形をとり「21世紀の現在」まで継続している問題だからだ。そのことに加えて、大野は「カクテル・パーティー」を再読する意義についてもう一つ重要な指摘をしている。それは「カクテル・パーティー」に独特の緊張感を生み出しているのは、このテクストの多声性だという指摘である。戦後沖縄作家たちの作品は多かれ少なかれポリフォニックであることを特徴としているが、特に大城はミハイル・バフチンのいうポリフォニーを最もよく体現する作家であると大野はいう。ポリフォニーとは本来複数の独立した声部からなる楽曲を指すが、バフチンはこの用語をドストエフスキー作品における登場人物の対話にみられる多声性、すなわち複数の認識の視点がとけ合うことなく対立葛藤するという画期性を分析する際に用いている。

大城の比較的新しいテクストでは、同化されてしまった完全な日本人、あるいはそれに徹底して抵抗する主体としての沖縄人、あるいは基層的な文化の住人である沖縄人といったような単色に塗りつぶされた沖縄人のアイデンティティではなく、多層的かつ柔軟な沖縄人のアイデンティティが表象されているように読めてしまう。そんな理由で、大野がいうような、多様な〈声〉が輻輳する大城のテクストを、大城流に「不穏でユーモラスなアイコンたち」とよんでみるのもあながち間違いではないような気がするのである。

【注】

(1) 例えば大城の評論・エッセイでこの時期に刊行されたものをあげてみると、①『現地からの報告・沖縄』(一九六九年、月刊ペン社)、②『同化と異化のはざまで』(一九七二年、潮出版社)、③『内なる沖縄——その心と文化——』(一九七二年、読売新聞社)、④『沖縄——「風土とこころ」への旅』(一九七三年、現代教養文庫)、⑤『沖縄、晴れた日に』(一九七七年、家の光協会)、⑥『私の沖縄教育論』(一九八〇年、若夏社)などをあげることができる。いずれも大城の沖縄文化論の要となるような重要なエッセイ・評論が収められている。⑤⑥は刊行年が「芥川賞受賞(一九六七年)から本土復帰(一九七二年)前後」という期間から少し外れてはいるが、⑤に収められているすべてのエッセイが本土復帰前後のものである。⑥には一九五三年から一九七九年までの「教育あるいはその周辺にかかわる」エッセイが集められているが、全体の三分の一程度は復帰前後に書かれたものである。

(2)しかし、大城の「方言使用」への批判的見解は、「ゼロ年代」まで引き継がれている。「土着の表現」(二〇〇〇年)、「沖縄文学・同化と異化」(二〇〇一年)といった小説作品における沖縄語の乱発を問題視するエッセイが大城によって書かれてる。

(3)しかし、そのような大城の方法意識は、それが要求される沖縄の若手の書き手を、ヤマトの視線(ヤマトの読者)と沖縄の視線(大城)とに、同時に従わざるをえない、あるいはヤマトの視線に従うと同時にヤマトの視線を拒絶するというダブルバインド状態に置くことになる。

(4)「沖縄という場所から——私の文学」より。この草稿は、二〇一二年七月一四日、大城が立教大学で山里勝己(琉球大学)と共同で行った講演(演題「場所の文学」)の内容を起こしたもの(ただし、加筆あり)である。「日中の提携と中国のために働くつもりでいたら、敗戦で大学は閉鎖になり……」という件については第I章及び第II章で詳しく論じてある。

(5)一九七一年一〇月一九日に、沖縄返還協定を審議していたいわゆる沖縄国会の開会中に、沖縄青年同盟の三人が傍聴席で爆竹を鳴らした国会爆竹事件にかかる翌七二年二月の初公判で、被告の青年たちが沖縄口《うちなーぐち》で陳述した。裁判官が「日本語で答えなさい」と注意したことで、沖縄の帰属があらためて問われることとなった。

（6）次の引用から、大城が沖縄口を侵略するものとして、ヤマト口（標準語）そのものというよりも、マスメディアを想定していたことがわかる。

都市地区の子供たちは、方言がおそろしく下手になった。いや、ほとんどしゃべれないというべきだろう。そして、農村の子どもたちには、標準語も方言も下手で、奇怪な言葉づかいをする子がふえてきた……。／軍事的方言弾圧では潰えなかった方言が、ラジオ、テレビなどのマスメディアの戦後的発達のおかげで潰えつつある。しかし一方で、やはり日本語はある程度外国語なのである。（『沖縄、晴れた日に』家の光協会、一九七七年、一八〇―一八一頁）

（7）新川は大城の沖縄文化論についての諸言説からこの「日本文化に貢献する」という部分を取りあげ、そこに国民国家の肯定や国策への同調といった同化主義を読もうとするのだが、大城の沖縄文化論を丁寧に読んでいくなら、確かに波平のいうように「日本文化への貢献」を強調しすぎるきらいはあるにしても、大城が必ずしも「同化主義」的な立場で一連の立論を行っていたのではないことがただちにわかる。

（8）一九八〇年代の大城の代表的な評論集に『休息のエネルギー――アジアのなかの沖縄――』（一九八七年）がある。サブタイトルからもわかるように、「沖縄の風土と心」を日本との関係においてではなく、「アジアのなか」に位置づけてみることで、「日本のなかに沖縄だけがアジアで、それにもかかわらず、みずからその立場を認識し得ずに焦っている、その自画像」が描き出されている。

【参考文献】
新川明、二〇〇〇年、『沖縄・統合と反逆』筑摩書房
Becker,Howard.S., 一九七四年、"*Art as Collective Action.*"American Sociological Revuew（39）

Becker,Howard.S., 一九八二年、*Art Worlds*.University of California Press.
鹿野政直、一九八七年、『戦後沖縄の思想像』朝日新聞社
池田和・嘉陽安男・矢野野暮・船越義彰、一九六六年、「沖縄は文学不毛の地か（座談会）」『新沖縄文学』第一号、沖縄タイムス社
松下優一、二〇一〇年、「「沖縄方言」を書くことをめぐる政治学——作家・大城立裕の文体論とその社会的文脈——」『慶應義塾大学大学院社会学研究科紀要』第七〇号
本浜秀彦、二〇〇〇年、「「沖縄というモチーフ、「オキナワ文学」のテクスト——「カクテル・パーティー」と大城立裕のポジショニング——」『沖縄文芸年鑑二〇〇〇』沖縄タイムス社
波平恒男、二〇〇一年、「大城立裕の文学にみる沖縄人の戦後」、『現代思想』七月臨時増刊
岡本恵徳、一九八一年、『現代沖縄の文学と思想』沖縄タイムス社
大野隆之、二〇一二年、「大城立裕「カクテル・パーティー」を読み直す——文化論としての「カクテル・パーティー」——」、沖縄文化協会『沖縄文化』第一一一号
大城立裕、一九六五年、「複眼」演劇集団〈創造〉『島』上演パンフレット＝＝一九八〇年、『私の教育論』若夏社
大城立裕、一九六九年、「私のなかの神島」劇団青俳「神島」講演パンフレット＝一九七七年、『沖縄、晴れた日に』家の光協会
大城立裕、一九七〇年、「沖縄で日本人になること」谷川健一編『叢書わが沖縄（第一巻）』木耳社
大城立裕、一九七二年、『同化と異化のはざまで』潮出版社
大城立裕、一九七七年、『沖縄、晴れた日に』家の光協会
大城立裕、一九八七年、『休息のエネルギー』農文協

大城立裕、一九八九年、「番外日本人への道」、『波』五月号
大城立裕、一九九七年、『光源を求めて――戦後50年と私――』沖縄タイムス社
大城立裕・米須興文・池田和・仲宗根勇・仲程昌徳・岡本恵徳、一九七六年「〈座談会〉『新沖縄文学』の十年」『新沖縄文学』第三二号
大城立裕・日野啓三・池澤夏樹・又吉栄喜・湯川豊・山里勝己・岡本恵徳・黒澤亜里子、一九九七年、「〔パネル・ディスカッション〕沖縄・土着から普遍へ」、沖縄文学フォーラム実行委員会編『沖縄文学フォーラム沖縄・土着から普遍へ――多文化主義時代の表現の可能性――』
大城立裕、一九九八年、「「地域」から普遍へ――三部作「戦争と文化」を書き終えて――」『新潮』六月号
太田良博・大城立裕・新川明・池田和、一九五六年、「出発に際して」『沖縄文学』創刊号、二一一〇頁
武山梅乗、二〇〇三年、「戦後における沖縄文学の規準――自律と従属のはざまで――」、『明治学院大学社会学部付属研究所年報』第三三号

# 第Ⅰ章 青春の挫折、〈沖縄《オキナワ》〉、そして複眼

## 1. 文学初心のころ

大城立裕は、一九六七年「カクテル・パーティー」によって、それまで「文学不毛の地」という認識が一般的だった沖縄に初の芥川賞をもたらした戦後沖縄を「代表する」作家である。大城が戦後沖縄を「代表する」作家であるといったのには、いくつかの理由がある。一つには大城が芥川賞によっていわゆる「本土」に認知された最初の沖縄の作家であり、その後も開拓者《パイオニア》として沖縄文壇の頂点に君臨し続けてきたということから。二つには、六〇年にわたる創作活動の中で大城が一貫して沖縄なるものを問い続けてきたということから。そして最後に、戦後沖縄とそこで展開された諸々の文学活動、そして大城立裕という創作主体がたどった軌跡が相同的であるということから、大城のことを、戦後沖縄を「代表する」作家とよんでみたいのである。

膨大な大城作品の中から、ここでは最初に「老翁記」（一九四九年）から「逆光のなかで」（一九五

六年)、「二世」(一九五七年)、「棒兵隊」(一九五八年)にいたるまでの初期作品を取り上げ、それらの作品一つひとつに、大城立裕という作家がどのように対峙していたのか、また、それらの作品の中で沖縄なるものがどのように立ち現れていったのかを詳細にみていきたい。次に大城の出世作である「カクテル・パーティー」(一九六七年)の内容及びいくつかの「カクテル・パーティー」評を紹介した後で、「カクテル・パーティー」の読解における断層について指摘し、これを大城のアイデンティティ及びその「立ち位置」と関連づけて説明してみたい。そして、最後に、「神島」(一九六八年)という問題作のなかで大城が示した「複眼」という視点を明らかにした上で、再度、プロとアマチュア、オキナワとヤマト、そして「戦前」と「戦後」が交叉する、一九六〇年代における大城の「立ち位置」について確認する。その「文学初心のころ」から芥川賞受賞の頃までの大城立裕という沖縄を「代表する」作家を、ここでは可能なかぎり多面的、そして立体的に描ければと思う。

岡本恵徳は、戦後沖縄で「文芸復興」の機運にみちていた時期、すなわち『月刊タイムス』や『うるま春秋』などの月刊誌が創刊され、両誌の懸賞応募作者の中から、大城立裕や嘉陽安男、山田みどり、亀谷千鶴子などが登場した一九四〇年代末から一九五〇年代の初めにかけての時期を、沖縄の戦後の文学活動にとって「画期的な時期」であったと評価している。しかし、岡本はこの時代そのものを評価する一方で、そうした「新しい書き手たち」個々の創作活動が、「内的な表現の要求に即した、いわば自然発生的なものであり、文学的立場にしても方法論にしても、充分に自覚的に論理化されたものではなかった」ことも指摘している(1)。

岡本がいう「内的な表現の要求に即した」「自然発生的な」創作活動とは、より具体的には何を指し示しているのだろうか？　この「新しい書き手たち」を代表する大城は、自らが創作活動を始めるにいたった動機をいくつかの対談・エッセイのなかで述懐している。おそらくそのなかで最も古いものは、大城が新川明ら『琉大文学』のメンバーと創刊した同人誌である『沖縄文学』創刊号掲載の座談会「出発に際して」であろう。この座談会の中で大城は、自身の処女作である戯曲「明《めい》雲《うん》」の創作動機について、以下のように正直に告白している。

あれ（「明雲」）のテーマが、戦争中とにもかくにも拠りどころをもっていた私の生が、戦後その拠りどころを失い、さてこれからどう生きるかという模索の経験を作品にしたのです。つまり、われわれの世代は、物心ついて以来、暗い谷間ばかりをさまよい、自分のさいなまれてきたのを客観的にみることができなかったし、結局、どこをめざしてゆけばよいか、全然わからなかったわけでした。それを模索するということが、私にとっては文学であったし、今もって正確にいえば、さぐりあてていないのです。……私とか嘉陽安男……といった世代の人は、にていると思うのです。結局、各人各様自分の生き方を求めてそのまま文学にしてある以上、そこに才能に対する自覚や思想に対する自覚もないわけで、新しい自覚的な積極的な運動といいますか、そういった活動はできなかったろうと思うのです。（「出発に際して——戦後沖縄文学の諸問題——」『沖縄文学』創刊号、一九五六年）

大城自身の言葉を借りるならば、「決して文学を志すというほどのものでもなく」、「自己確認」のため、あるいは失われてしまったアイデンティティを回復するため、そのような個人的な要求から、処女作である戯曲「明雲」は創作されるにいたったのである。ここで失われてしまった大城の「拠りどころ」が何であったのかをある程度明らかにしておく必要があるだろう。

自らの手による「年譜」によれば、一九二五（大正一四）年生まれの大城は、沖縄県師範学校附属小学校、県立第二中学校を経て、一九四三（昭和一八）年に沖縄県費派遣生として東亜同文書院大学予科に入学、上海に渡った。東亜同文書院は、「東亜人材之勃興」と「中日輯協之大儀」を目的として、一九〇〇年に近衛篤麿を会長とする東亜同文会によって設立された教育機関で、一九三九年に大学としての認可を受け東亜同文書院大学となる。大城はこの学校を選んだ動機について、書院時代の体験を素材にした自伝的な作品『朝、上海に立ちつくす』の主人公・知名（知名は大城の分身である）に「県費で学校を出られる」と語らせているが、書院の学生の多くが公費により各県から派遣された者であったという事実から推しても書院が中国大陸において日中友好の架け橋として働く〈日本人〉エリートを養成するための教育機関であったことがうかがえ（この時期を上海で過ごした作家の生島治郎は、『朝、上海に立ちつくす』の解説で「書院の学生がみな優秀であり、中国語がペラペラであることを大人たちの会話から察していた」と回顧している）、その点に大城の書院生としてのこだわりをうかがうことができる。

一九四四年に同文書院の予科修了、学部に入学するが、間もなく勤労動員され、五ヶ月間「中共」資料の翻訳にあたる。一九四五年、「独立歩兵第一一三大隊に入営し、蘇州、丹陽、鎮江の周辺を移動しつつ訓練をうける」が、敗戦により除隊、上海に戻るも書院は既に閉鎖されており、軍需品接収のための通訳、在留日本人自治のための事務を経て、一九四六年四月、姉が疎開していた熊本に引き揚げる。同年九月、姉兄とともに沖縄・中城村に帰り、翌一九四七年、琉球列島米穀生産土地開拓庁に就職、土地関係の資料収集作業に従事している。
以上が二〇歳前後までの大城の簡単な経歴であるが、失った「拠りどころ」について、大城は後に、例えば次のように、数多くのエッセイでそれを「祖国」であったと明言している。

私が文学の道に入りこんだのは、「祖国喪失」が機縁になった。青春の夢をたくした同文書院はつぶれ、大陸ではたらくという志もつぶれ、祖国に帰ってきたら、沖縄の人間として「祖国」はなくなっていた。私の世代にとって、やはり祖国というものは、生きるための支柱であったから、これは打撃であった。世間をみまわしても混沌としていた。これからどう生きようか、と考えると、ますます分からなくなった。自問自答がいろいろとあったので、これを文字にあらわしたくなって、戯曲『明雲』を書いた。……祖国をうしなっても、なおこころの支柱を創造して生きてゆくこと、これがこのころの私の主題であったようだ。（「沖縄で日本人になること」谷川健一編『叢書わが沖縄（第一巻）』木耳社、一九七〇年、二二二頁）

しかし、また他の機会に大城が「文学初心のころ」に関して綴ったエッセイをあわせて読むなら、大城が失った「拠りどころ」は、単に「祖国」だけではないと理解できる。

処女作「明雲」のなかに出てくるものは、〝私戯曲〟といったようなものであるが、終戦直後の祖国喪失――私自身の祖国喪失と、それから東亜同文書院という学校がなくなって、途中でおっぽりだされた青春の挫折、その二つが重なりあってあの作品になったが、そこでは自分は今後なにをよりどころにして生きていけばいいのかを一つの戯曲の形でとった。（「私の作品――出版祝賀会の講演から――」『新沖縄文学』第八号、一九六八年、一三七頁）

いったい、これから沖縄で自分は青春の挫折の後に何をしたらいいか、何を支えにして生きていったらいいか、と考えてこの気持ちを何か長い文章に仕立てたいという気持ちを半年ばかり抱いておりました。この気持ちを書きつけるのに随筆の形がいいか、小説の形のほうがいいかと考えたわけですが、考えているうちに、いろいろ頭の中で矛盾対立する考え方があるので、それを対話形式にしようということで戯曲を思いついて書きはじめました。その戯曲は『明雲』という題名で、プロローグがついております。（岡本恵徳・大城立裕他「戦後沖縄文学の出発――その思想と状況――」『新沖縄文学』第三五号、一九七七年）

私にとって「日本」の友人からの手紙が心の糧となった。愛知大学に行った後輩が、「三好先生（もと同文書院講師）は、マルクスの言葉の引用のほうが多いような講義をしています」などと書いてきた。／そのような孤独と抑圧をどう切り抜けるかということが、私などのような若いインテリの悩みであり、その思いを文章に表現したい欲望がしだいに募ってきた。（傍点引用者）（『光源を求めて（戦後50年と私）』沖縄タイムス社、一九九七年、三〇―三一頁）

大城が戦争によって失った「拠りどころ」とは、あるいは「祖国」よりも大城にとって遥かに身近にあったであろう「青春の夢」＝東亜同文書院であり、大陸で「日支提携」のために働くという志であり、そして何よりも「知識人（インテリ）」としての生活だったのではないだろうか。

一九四七年の「明雲」以降、「望郷（戯曲、一九四七年）」、「或日の蔡温（戯曲、一九四八年）」、「老翁記（小説、一九四九年）」と「手習い期」における大城の作品は続いていくが、おおむね、初めての小説であり『月刊タイムス』小説懸賞当選作である「老翁記」の頃まで、「文学というのがなんであるかそれほど意識していなかった。とにかく自分の考えていることを語ってみたかった」と大城は回顧している。沖縄文壇デビュー作となった「老翁記」には、当時大城が文学に求めていたもの、そして何よりも彼が失った「拠りどころ」がはっきりとあらわれていると。

「老翁記」は、戦前には県庁職員をしていた知識人であり、戦後、中城に引きこもり字の区長をしていた大城の実父・昌隆をモデルとする（そして大城自身が「この上なく愛している」という）私小説である。この私小説は、敗戦直後における沖縄の田舎を舞台とし、戦時中それぞれ「会社勤め」で満州、「学徒出陣」で支那戦線にいた二人の息子が一緒に引き揚げてくるという一報が信平翁のもとに届くという場面から始まる。田舎の素封家に生まれた大木信平は放蕩もしたが、村では卓越した知識人であった。一度は那覇に出るが戦争で帰農し、その後はあまりの剛直さのゆえに村の要職にはつけず、字の区長として土地割当から配給、果ては夫婦喧嘩の仲裁にいたるまで采配を振るっていた。しかし、信平翁の「知識人の理屈」とその自らを貫く姿勢が「田舎の真理」と抵触し、往々にして村の不穏を醸し出すことになる。息子たち（これもともに「上級学校」を出た「インテリ」であるが）は父親に区長をやめて「晴耕雨読」の生活を送ってほしいと願っており、信平翁もそれに従う意向をみせるが、ある男が山から枯れ木を伐り出すという事件をきっかけに、信平翁は村吏員と真っ向から対立し、区長の座から「当分は絶対に退かない」と宣言する剛直ぶりをみせて周囲を呆れさせる。

「老翁記」という作品について、大城は「混沌とした世相の中にあって、自分を貫く姿勢」を明示するという意義をあげているが、この作品は「田舎の倫理（＝前近代）」の中にあって「知識人（＝近代）」がどう生きるべきかを模索し、一つの道筋を示したものと言い換えることができるだろう。その意味で「老翁記」は、当時、開拓庁から軍作業（翻訳）を経て高校の国語教師とめまぐるしく転職を繰り返し、「知識人の希望が閉ざされた」社会的状況の中にいた大城が、自身の思いを託すのに、あるいは何を「拠りどころ」にして生きていけばよいのかを自分なりに確認するために、十分な容量をもつ作品であったといえよう。戦争によってその生活の根拠を失い、戦後の混乱期、「非近代的な沖縄の田舎」で生きていかなければならなかった「知識人」大城は、この作品によって自己が寄って立つ地点を模索していたのである。

「老翁記」は、大城の作家としての「手習い期」において、大城本人の「自己確認」のために書かれたものであるとひとまずはいえる。その点は留保しても、この作品はその後に連綿として続く大城の作品群の中にあって、きわめて特殊な作品であると指摘することができる。なぜなら、その中に、彼がその長い創作の歴史において一貫として取り上げ続けている〈沖縄《オキナワ》〉があらわれていないからだ。大城本人は、「老翁記」までの自身の作品の特徴について以下のように分析している。


いまいった作品（「明雲」～「老翁記」＝引用者）は沖縄を題材にして入るが、必ずしも沖縄というものを意識してはいない。材料はたしかに沖縄の社会で起こった、あるいは起こりうることなのだが、いわゆる沖縄的なものというのは、ないのではないかと自分では考えている。

舞台は日本のどこであってもいい、そんなに意識していないし、またそれほどあらわれていないとも思う。(「私の作品――出版祝賀会の講演から――」『新沖縄文学』第八号、一九六八年、一三五頁)。

「年譜」を手繰っていくと、大城は「老翁記」の後、一九五〇年に公務員(琉球列島貿易庁)生活をスタートさせる一方で、『うるま春秋』懸賞小説に応募するも落選した「華やかな挽歌(一九五〇年)」、『演劇映画』に掲載された「阿保参太(一九五〇年、戯曲)」、『沖縄へラルド』懸賞小説佳作の「馬車物語(一九五一年)」、『雄飛』創刊号に掲載された「夜明けの雨(一九五〇年)」といったように精力的に創作活動を継続していく。また、一九五三年には「恋愛小説かつ風俗小説」的な要素が強い初の新聞連載である小説「流れる銀河」を沖縄タイムスに、一九五六年には、「蜃気楼のように生まれて、まるまる基地におぶさって、いつまで生き延びるか分からない」コザという街を舞台にした「白い季節」を琉球新報に連載している。このように、一九五〇年代の初めにおける大城の沖縄文壇における位置は、鹿野政直が指摘しているように、「大家・流行作家・新進作家と文学志望者をかねるかたちで、つぎつぎに作品を書き、順次発表してゆく」というものであった。

ところが、発表の場所探しに奔走した末に新聞小説にたどり着いた大城(と沖縄における戦前からの既成作家及び「新しい書き手たち」)に手厳しい異議申し立てを行うグループが登場した。琉球大学の学生たちの同人誌『琉大文学』のメンバーたち、新川明、川満信一らである。新川、川満らは、戦後の沖縄文学史に残ると評される批評を一九五四年に同人誌『琉大文学』の第六号及び七号に発表する。これらの批評は、大城にいわせるのなら、「山里永吉、新垣美登子、といった大家から、……大城立裕という新人までを……新聞というメディアで通俗な小説を書き、純文学にしても、安易な個人的ロマンやセンチメンタリズムに堕して、社会のかかえる深刻な問題をさけて通っている」として裁断するものであった。新川、川満らの批評は、岡本によれば戦後沖縄の文学史上、「(批判する側にとってもされる側にとっても)双方……の文学的立場や、文学論、方法論を確かなものにする上で、大きな意味をもっていた」と評価されている。大城は当時、『琉大文学』の思想的な傾向には懐疑を抱きつつも、『琉大文学』において自身になされた批判そのものについては以下のように真摯に受け止め、爾来文学の「方法」について自覚的になってゆくのである。その後の大城にとって、文学における自覚的な歩を進めるということは、『琉大文学』のメンバーたちが示唆しているように、ただちに沖縄が抱える現実を凝視し、それを「問題」として掬い上げることにつながってゆく。そして、そのような〈沖縄〉への途は、同時に大城の沖縄の文学者としてのアイデンティティ、言い換えるのなら文学する者の主体性を確立する過程でもあったと解釈できるのである。

私などもそう云う(沖縄の作家たちが主体性の確立という点で第一歩を踏み出したに過ぎないということ=引用者)他はありません。そう云う自分の現状に対する反省すら明瞭には「琉大文学」の歩みから知らされたような始末でした。ところで、沖縄文学の自覚的な歩みが今始められたものとすれば、それには「琉大文学」の功績を是非云わねばならないだろうと思う。つまり「琉大文学」がはっきりした旗印を掲げてそれに基づいて過去の作品や作家をも批判したことです。その旗印そのものが絶対に肯定出来るかという事は別問題として、確かに刺戟する何物かがあったと云えるわけです。(「出発に際して――戦後沖縄文学の諸問題――」『沖縄文学』創刊号、一九五六年、八頁)

私小説的な発想の姿勢、そこからくる小説作法の弱さを勉強して補うようにしむけてくれたのは、「琉大文学」の新川明君たちであった。琉大文学とは誰よりも多く論争しているとおもうが、かれらが貢献した相手は、おそらく皮肉にも琉大文学の作家たちでなく、私ではなかったろうか。(「戦争が契機に【私の文学風景】」『新沖縄文学』第二号、一九六六年、一六二頁)

たまたま琉大文学が創刊されて、五五年頃から私が次第に批判されるようになってきた。私の風俗小説というか、次元の低いものの生活だけに素材を求めて書いたという文学態度が批判され、私も次第にこれに刺激され、文学というものを本格的に考えはじめたのもそのころである。(「私の作品——出版祝賀会の講演から——」『新沖縄文学』第八号、一九六八年、一三六頁)

## 2.〈沖縄《オキナワ》〉への途、文学する者の主体性

大城の作品に〈沖縄〉が意図的にあらわれるのは、自身の解説によれば、一九五一年に『沖縄ヘラルド』の懸賞小説に応募し、佳作となった「馬車物語」以降であるという。「馬車物語」は、沖縄ヘラルド紙に連載されたが、「さまざまな事情により作者のもとから失われ」てしまい、現在となっては幻の作品の一つとなっている。大城が言うには、当時は文学に対する意識が非常に低かったので、ごく軽い気持ちで、「風俗的な興味」から、沖縄の近代史を書こうと思い、その素材を砂

糖経済に関与していた父親に求めたという。そして、父親から「浮き沈みの砂糖経済史」の話を聞くうちに、大城は「砂糖経済の浮き沈みというものは、沖縄近代社会そのものの浮き沈みをトレースしている」ということに気づく。そして次のような着想にたどり着くのである。

あれは（軍道路を軍用トラックが四、五十マイルでとばしているそばで客馬車がのんびりと走っているのは＝引用者）何かへの抵抗であろうかというイメージから出発したのが私の『馬車物語』であります。近代史を辿ってきて、沖縄の歴史というものはすべて外からの力で揺り動かされてきたものであって、自分自身ではどうにもならないことであった。そういうふうな近代史を辿ってきて戦後になったけれども、この戦後の中で主人公はとにかくアメリカ的な機械文明の疾駆する中を、自分のペースで客馬車を走らせるしかないというふうなペーソスを書いたものであります。（「戦後沖縄文学の出発――その思想と状況――」『新沖縄文学』第三五号、一九七七年、三八頁）

大城が沖縄なるものへの自身の気づきを語る際に、度々言及されるのが、この「馬車物語」の着想にいたるまでの思考過程なのである。とりわけ、大城に重要視されていることが「沖縄の歴史というものはすべて外からの力で揺り動かされてきたもの」という認識である。この認識はいうまでもなく、見方を変えれば、沖縄が「自らの力で歴史を作ったことがない」というもう一つの大城の認識と一如をなす。それはなぜなのか？　大城の問題意識はおそらくその点に逢着したであろう。また大城はそのような運命をたどってきた沖縄に、敗戦、「青春の挫折」によりアイデンティティを見失った自己の姿を重ね合わせたことでもあろう。後に大城は、戦争の挫折が「そのまま私個人の挫折であり、沖縄の挫折でもあったようだ」などのように、自己―沖縄を同心円的にとらえる発想をみせるようになるが、その原点は『馬車物語』におけるこの着想にあったのではないだろうか。

絶えず外からの力で揺り動かされてきた、そして自らの力で歴史を作ったことのない沖縄とは結局何であるのか？　そのことは一体何に由来するのだろうか？　そのような〈沖縄〉という問題系を文学の創作上で自覚的に問うことを大城は開始してゆく。そのことは同時に大城の「文学する者の主体性」、沖縄の文学者としてのアイデンティティを確立することでもあった。

以上の点を踏まえて、大城の作品群の中で〈沖縄〉がどうあらわれていったのか、また、それとあわせて、大城の沖縄の文学者としてのアイデンティティがどのように確立されていったのかを、「馬車物語」から少し後の「逆行のなかで」（一九五六年）、「二世」（一九五七年）、「棒兵隊」（一九五八年）という三つの初期作品にみていきたい。

## （1）「逆光のなかで」――〈沖縄〉という根への一瞥――

「逆光のなかで」の主な筋書きは、三年ぶりの帰省で港に着いた「自分」が、船を降りるや否や「二人の男に両腕をとられて」戦後新しくできたK市の「窓の少ない白塗りの家」に連行され、友人であるQ（××主義者で××党に入党している）について尋問されるというものであり、「占領」という沖縄の現実をその不条理とともに正面から描いた作品であるという評価がされている。

「自分」はS村で生まれ育ったが、戦後に基地ができたことでS村は消え、今わが家は三つの村の一部分ずつをくっつけたK市にある。物語の始まりにおいて、船の甲板から故郷を見た「自分」は、その見違えるような復興（変貌）ぶりに驚くと同時に落胆し、そして「K市のわが家の付近も、どうなっているることやら」と思いをめぐらす。タラップから降りるとほどなく、「自分」は二人の男（二世とおぼしき「角刈り」とメキシコ系？の「金壺眼」、ともに諜報機関CICか？）に拉致され、「笹の密生した小高い丘に三方を囲まれて、ふっくらとした袋のようになった場所」＝戦争が終わっても帰れなくなったS村の「自分」の屋敷があったと思われる場所へと連行される。奥の部屋で、「自分」自身と、そして同郷人であり、八ヶ月共に暮らしたがやがて思想・信条の違いから袂を分かったQについての「理由のない」長い尋問を受ける「自分」は、「占領者のそなえる絶対性」の前に心の平衡感覚を失ってゆく。やがて「本籍地はどこだ」という質問が出るに及んで、「自分」は「ここだ！」と「右手のひとさし指で明瞭に垂直にコンクリートの固い床を、いやその下を」指す。

ここだ？　と、角刈りが同じ言葉で反問したとき、はやくも自分のなかに清冽な泉の湧きでるように、バンジロー[^1]や九年母や石燈籠や便所へ通う飛び石などの幻影が、豊かな形象をもってみえていた。……「そうです。ここは私の家です！」といったつぎの瞬間、自分の手は扇風機のスイッチを切り、体全体はバンジローの枝をみるために起ちあがっていた。……自分はもう、退屈な時間をすてさり、自由でなければならなかった。……自分は、はなはだ自信が出た。

（「逆光のなかで」『新沖縄文学』第三号、一九六六年、一二四頁）

「逆光のなかで」は、「帰省学生が帰省のさい那覇港から米軍CICに連行されたという話」を聞いた大城が一九五六年に執筆し、そして『新潮』の「全国同人雑誌小説特集」に応募したが「分かりにくい」という理由で落選した作品である（この作品が公になるのは一〇年後の一九六六年『新沖縄文学』第三号においてである）。この作品が「分かりにくい」のは、大城が当局の目を恐れたため、作品のなかに米軍を暗示させる単語を一切書かなかったからでもあるが、そのような制約があるためか、この作品には、この後述べる「二世」に典型的にみられ、その後の大城の初期作品群の大きな特徴ともなる「二項対立をテーマに見いだす方法論」（例えば、沖縄対アメリカ）がきわめて弱い形でしかあらわれていない。

しかし、大城は、「逆光のなかで」においておそらく開眼するのである、自らのアイデンティティの拠りどころとなるものに、そして、「沖縄」で自覚的に文学の歩を進めるための一つの方法に。「逆光のなかで」の主人公「自分」は「占領」という不条理な状況の中で自らのアイデンティティを見失いつつあるが、「バンジローや九年母や石燈籠や便所へ通う飛び石」などのイメージ（それは鹿野によれば、祖先から伝えられてきた「自分」の旧屋敷を表象するものである）が「自分」の「自己回復」を促す（……自分はもう、退屈な時間をすてさり、自由でなければならなかった。……自分は、はなはだ自信が出た）。また、おそらくその場面を描くことによって、大城は自らのアイデンティティの拠りどころが「沖縄の根に連なる永遠性（鹿野政直）」[2]にあると確信するのである。

## （2）「二世」——影としての〈沖縄〉——

「二世兵の肉親との再会のニュースがヒント」になったという「二世」は、父母が沖縄出身でハワイに在住しているヘンリー・当間盛一が主人公である。米陸軍歩兵伍長のヘンリーは掃討戦において壕の中に手榴弾が投げ込まれるのを阻止したことから、戦闘終息から数日経ったある日、収容所で隊長から訓戒を受ける（「きみにいま最も大切なことは、自分の地位に対する客観的な自覚だ、ヘンリー・当間。……きみはまさしくアメリカ市民出身の、日本語を話す兵隊なのだ。わかるか……」）。訓戒が終わって隊長室を出たとき、配給に群がる女たちの喧騒を前にしてヘンリーは「まるで豚か鶏だ」と思う。しかし、ヘンリーは占領者としての倫理観からただちに思い直すのである「……だが、ここはおれの父母の故郷だ。彼らはおれの同胞で、おれは彼らを愛しているのだ」と。この「二世」の冒頭部分には、大城がこの小説で描こうと試みたテーマが暗示されている。それは、「沖縄出身者」なのか「アメリカ市民」なのかを自らに問う、ヘンリー当間の揺れ動くアイデンティティの問題である。

ヘンリーは、沖縄で生まれ自分は少しも馴染むことのなかった祖母の膝下で育ち戦争によって生き別れになっている弟の盛次を探そうとしている。そのことを通じて収容所でCICの取調べ補助員をしている新崎憲治との間に交流が生まれるが、新崎ら沖縄人が自分を「普通のアメリカ人の兵隊」と同一視していることに不満を抱いてもいる。新崎との会話からそのことを再認識したちょうどその時に、同じ二世兵のジョン・山城がジープから子どもたちにガムやチョコレートをふりまいているのを目撃したヘンリーは、ジョンに対して「子どもたちを乞食扱いするのか……お前も沖縄人だろう。ここで生まれたと考えてみろ。恥ずかしくないのか」と叫ぶ。睨みあうヘンリーとジョンを目にした白人兵が突然奇声を発する、「Two japs fight.（二人のジャップが喧嘩するぞ）」。ヘンリーはアメリカ市民であるとともに沖縄人であろうとしているが、この瞬間その「双方からはじき出され」てしまうのである。

彼はとっさにどうしてこんなこと（ジョンとの一触即発状態＝引用者）になったのか考えていた。すると、まず頭のなかにはっきりしてきたのは、新崎のあの難しい長い言葉の意味であった。あれはまさしく、〝きみたちとおれたちとは、もともとちがうのだ〟という宣言ではなかったか。……白人兵の奇声は、彼とジョンを一緒に、〝ジャップ〟としてつきはなしていた。こんなに刹那的に双方からはじき出されたことは、かつてなかった。（「二世」『大城立裕全集（九）』勉誠出版、二〇〇二年、八頁）

大城は五〇年にわたる自身の文学活動の総括であるともいえる『光源を求めて』において、『沖縄文学』第二号に掲載されたこの作品が書かれた背景について明らかにしている。それ以前から「沖縄の現実を書きたい」と考えていた大城であるが、沖縄の現実が複雑すぎて「どこから切り取ってよいか分からない」と感じていたという。当時、一九五〇年代の後半には、本土の作家たちも沖縄に興味を持ちはじめ、沖縄をテーマにした戯曲や小説などが書かれもしたが、その多くが「沖縄を悲劇の島と捉え、単純なセンチメンタリズムに堕している」という違和感を大城に抱かせた。そこで、大城が得た着想は、

沖縄にはもっとほかに切り取りかたがあるはずだ、という問題意識が私のなかに巣くっていた。そのうちに案じたのは、「沖縄的」なものとの対立項を書けば、「沖縄」が一応はっきり書けるのではないか、ということであった。そこへある世間話を聞いたところから、「二世」の構想は生まれた。つまり、日本人であり、同時にアメリカ人である二世は、一面でどっちとも解釈のつか

ないジレンマをもっているのではないか、というテーマである。(『光源を求めて(戦後50年と私)』沖縄タイムス社、一九九七年、一六六頁)

というものであるが、この大城による発言の前半部分で指摘されている「二項対立をテーマに見いだす方法論」とは、自己とは別の主体である〈他者〉の視点を設定することで、自己、つまり〈沖縄〉なるものを相対化するという試みであろう(二〇〇二年に刊行された全集の後書きで、大城はこの発言を「『他』との関わりを書くことで、『自分』を浮かび上がらせることができるのではないか、と考えて『二世』を書いた」と言い換えている。

しかし、もしその「二世」のねらいというものが、大城が述べたとおりのものであるとするならば、「二世」におけるその試みは必ずしも成功しているとはいえないだろう。「二世」の冒頭で設定されていたこの物語のテーマは、「沖縄出身者」なのか「アメリカ市民」なのかを自らに問うヘンリーの揺れ動くアイデンティティの問題であったと先に述べた。そのテーマとねらいからすれば、この物語を通じてみえてくるのは、「沖縄出身者」か「アメリカ市民」なのかという二者択一の間で揺れ動き、その果てにヘンリーの内部で〈あるいは大城の内部で〉獲得される〈沖縄〉という未知のアイデンティティでなければならないはずである。しかし、この物語が提示しうるのは、どこまでいっても、そして恐らくは既知の、「日本人＝被占領者」と「アメリカ人＝占領者」の狭間で呻吟するヘンリーのアイデンティティ・クライシスなのである。

ねらいの破綻はいたるところに見受けられる。たとえば、〈沖縄〉的価値を体現するはずである「新崎」は、ヘンリーと「共通語」で会話をし、ヘンリーに対して「沖縄人」ではなく「被占領者

＝日本人」一般の立場を代弁しようとする。また、物語の最後の場面、二人の米兵が女性に暴行しようとしている現場に遭遇したヘンリーは、彼女を逃がすべく「ヘンリーとは比較にならぬほど大きな体格」の米兵に挑みかかる。殴られ地面に倒れたヘンリーに米兵の一人が憎々しげにヘンリーに向かって吐き捨てる「God dem Jap!（畜生ッ。ジャップめ）」。それに対してヘンリーはしぼるような声で応答する、「Yah, I'm a Japanese!（そうだ、おれは日本人だ）」と。つまり、大城は当初「二世」という作品において、〈他者〉（アメリカ）の視点を仮構することで〈沖縄〉なるものを相対化することをねらっていたのであるが、いつの間にか、作品は「日本」と「アメリカ」の間にいるマージナルな存在としての二世兵の葛藤を描くものにすり替わってしまったのである。そこでは「沖縄出身の」という点が抜け落ちている。

大野隆之は大城の初期作品の研究の中で、先に引用した『光源を求めて』における「『沖縄的』なものとの対立項を書けば、『沖縄』が一応はっきり書ける」という記述と、その後の「日本人であり、同時にアメリカ人である二世」という記述に見られる「微妙なズレ」を問題として取り上げている。大野が指摘するのは、ヘンリーの内部にある基本的な対立とは、大城が予定していたような「沖縄」対「アメリカ」というものではなく、実質的には「アメリカ（西欧）」と「日本」の対立であるということである。しかし、この「二世」という作品の中には〈沖縄〉が屈折した形でほのみえるとも大野は指摘している。それを象徴しているのは、「醜く恐ろしかった」がゆえにヘンリーがなじめず、沖縄に来てからも「生死をたしかめようとすら志さなかった」祖母の存在である。そのような「闇として」登場する祖母は、ヘンリーの中で、そして作者である大城自身において、〈沖縄〉なるものの根底に行き着く可能性をもっていたが、この作品ではそこまではいっていいないと断言した上で大野は以下のように結論している。

「米須興文君から、二項対立にテーマを見いだすという方法論を、相手がいなくなれば無価値になる恐れがある、と教えられる」とあるが、確かにこの「二世」という作品で描かれている沖縄というのは、いわばドーナツの穴のようなものなのである。すなわちアメリカの普遍主義あるいは日本の皇民化教育があって、その中で語られなかった穴のような部分として沖縄が存在する。ヘンリーにおいて「沖縄」の理解はあくまで抽象的な段階をでず、結局彼にはその影しか見えていないのである。（大野隆之「大城立裕――内包される異文化――」、沖縄国際大学公開講座委員会編『異文化接触と変容（沖縄国際大学公開講座8）』編集工房東洋企画、一九九九年、八三頁）

しかし、「二世」の中で大城がはっきりと試みた「二項対立にテーマを見いだす方法論」（時にそれは作者によって、「沖縄人の体質自体の中で沖縄というものをとらえる」方法と対置される「異邦人との接触の面から沖縄をとらえる」方法として表現されることもある）は、その後「棒兵隊」「カクテル・パーティー」といった作品の中で彫琢されていくのである。

## （3）棒兵隊―ヤマト対オキナワ―

続く「棒兵隊」は、大城が初めて沖縄戦そのものを描いた小説であり、また、『新潮』の「全国同人雑誌小説特集」に採用され、一九五八年に同誌に掲載された、大城の中央文壇デビュー作でもある。

「わしらア、ボーヘイタイでありますが、わしの子供ア、兵隊さんでありますウ。わしらア、スパイは、しませんですウ」……〝棒兵隊〟とは、だれがいいはじめたものか。――昨年十月に、予備、後備役からはじめて国民兵役にいたる、島全域を蔽うての防衛召集のために、兵器の用意はなかった。竹槍の尖に握り飯をくくりつけて、防衛隊員は壕掘と飛行場整地に通った。無学なとしよりは、〝棒兵隊〟という呼び名をうたがわなかった。（「棒兵隊」『大城立裕全集（九）』勉誠出版、二〇〇二年、三五―三六頁）

G村で駆りだされた民間人によって郷土防衛隊が編成されたのは一〇日前のことであり、国民学校の教頭であった隊長の富村、六〇歳の老人である赤嶺、徴兵検査で不合格になった久場、最年少一六歳の仲田などがいる一隊は、近くにいた高射砲隊に配属されるが、炊事、芋掘り、水汲みなどの勤務に追い使われた後でS城址の壕にいる部隊に合流せよとの命令を受ける。壕を出るやいなや直ちに機銃掃射で一〇名を失い、四昼夜S城址を探して彷徨ったあげく、ようやく探し当てた「友軍」部隊からはスパイの容疑をかけられるはめになる。一行は五つの壕を締め出された後でようやくY岳の自然壕にいた部隊に収容されるが、そこでは「難を救ってもらった感謝の気持ち」から危険な水汲みの役割を積極的にこなし、兵隊たちからも謝意を表される。しかし、「手負い猪」のような敗残兵の一隊がこの自然壕になだれこんできたことから状況は一変する。「手負い猪」たちは、防衛隊に対して危険な水汲みの回数を増やすように要求するとともに、一行をスパイ視し始める。両者の間で緊張感が高まっていくが、少尉のはからいで防衛隊一行は別の陣地に弾薬を運ぶ任務を引き受け、三人組に別れて壕を出ることになる。久場、赤嶺、仲田一行は目的の陣地を探しあぐねるが、途中で「軍司令部南下！」という敗残兵の声を聞く。逃走する中、仲田は艦砲弾にやられ、赤嶺は敗残兵の一人から「きさまは、スパイだろう！」と射殺されてしまう。

「棒兵隊」は、沖縄の作家たちが沖縄戦を扱った作品で最も早い時期に発表された作品であること、その上、この作品は「スパイ問題および壕追い出しにかかわること」を扱い、その後に浮上してくる「問題」をいち早く提起したことが評価されている。[3] 大城は「棒兵隊」について、以下のように述べている。

（「棒兵隊」が大城にとって思い出深い作品である＝引用者）もう一つの理由は、ヤマトの兵隊に対する違和感を書いたことである。いまでこそ日本兵は悪者になっているが、当時は「あこがれの本土」にたいする違和感を言うことはタブーであった。アメリカにたいする違和感は『琉大文学』が精力的に書いたが、日本にたいするそれを書いたはしりが「棒兵隊」だと思う。
（『光源を求めて（戦後50年と私）』沖縄タイムス社、一九九七年、一七〇頁）

日本に対する沖縄の違和感を描いた「はしり」の作品であると自賛する一方で、大城の「棒兵隊」に対する自己評価は決して高くはない。大城はこの時期の「文学的思考」を回顧するエッセイにおいて、以下のような米須興文の書評を取り上げ、これに賛同している。

加害者─被害者図式はかなり陳腐な発想法で、われわれが平常「悲劇の島」とか「歴史の重圧」とかいうフレーズを口にする時の心底にあるものである。『棒兵隊』は、この発想法を根底にしたもので、（作品集『カクテル・パーティー』所収の＝引用者）六編中最も独創性に欠ける作品であるように思う。（「沖縄で日本人になること」谷川健一編『叢書わが沖縄（第一巻）』木耳社、一九七〇年、三二二頁）

しかし、大城の一連の作品群の中に「棒兵隊」を位置づけるとき、その意義は大城の自己評価以上に大きいのかもしれない。「二世」において大城は、〈他者〉の視点を仮構することで、自己、つまり〈沖縄〉なるものを相対化することを試みた。しかし、「対のかたわれ」、つまり「二項対立」図式の〈他者〉の位置に「アメリカ」を置くことによっては、〈沖縄〉なるものを浮上させることができなかった。そうすることによって、〈沖縄〉なるものは〈日本〉なるものと未分化のまま処理され、そして結局は〈日本〉なるものに回収されてしまったのだ（「そうだ、おれは日本人だ」）。「棒兵隊」においては、この「対のかたわれ」の位置に〈日本〉、大城流に言い換えるならば〈ヤマト〉が置かれ、〈ヤマト〉＝加害者／〈沖縄〉＝被害者という図式が成立する。その図式は現在という時点からみれば「陳腐な発想法」なのかもしれないが、加害者としての〈ヤマト〉を他者の位置に置くことで初めて被害者〈沖縄〉という自己を立ち上げることができる。それは〈沖縄〉なるものを屹立させるための第一歩に過ぎない。以降の大城は、主に〈ヤマト〉という他者を「対のかたわれ」として、〈沖縄〉なるものの相対化を推し進めてゆく、その文学作品においても、そしてその思想においても。

## （4）文学する者の主体性という問題

「逆行のなかで」、「二世」、「棒兵隊」という大城の三つの初期作品を、〈沖縄〉がどう立ち現れていったのかという観点からみてきたが、三作品に共通していえることは、強弱の差はあるものの、大城が沖縄なるものを掬い上げるために、「二項対立にテーマを見いだす方法」を用いているということである。「異邦人との接触の面から沖縄をとらえる方法」、あるいは「他者との関わりを書くことで『自己』を浮かび上がらせる方法」とも言い換えることのできるこの方法を用いて、大城は〈沖縄〉を捉えようとしたのである。「逆光のなかで」では「占領者」が、「二世」では「アメリカ」が、そして「棒兵隊」では「ヤマト」が他者（異邦人）の位置を占めている。個々の問題点については既に述べた通りであるが、多くの場合、この方法によって〈沖縄〉の影を摑まえることはできても、沖縄なるものを大城が満足のいく形で明示することができなかった。しかし、その一方で、大城は、「逆光のなかで」を書き上げる過程において、沖縄なるものを掬い上げるもう一つの方法論に気づくのである。それは、鹿野の言葉を借りるならば、「沖縄の根に連なる永遠性」を描くことであり、大城自身の言葉でいうなら「沖縄人の体質自体のなかで沖縄というものをとらえる」方法である。この方法は後に「亀甲墓《かめのこうばか》」で効果的に用いられることになる。

また、大城作品の中で〈沖縄〉がそのような形で立ち上がっていく過程は、大城が自らの「文学する者の主体性」を確立する過程と呼応してもいた。鹿野は、一九五〇年代半ばの時点で、大城が「一貫として沖縄を主題としながら、……他の何者でもない自分を探りあてていず、したがって文学上に形象化をしえていないとの想いに、深く囚われ」ており、そのことが彼を主体性の確認へと駆り立てていたと述べている。それでは大城にとって「主体性」とは、あるいは主体的であるということは一体何を意味するものであったのだろうか。

大城の「主体性」論の嚆矢は、主として新聞紙上で展開された一連の教育論にある。一九五三年一一月に沖縄タイムスに投書という形で掲載された「学童を政治に使うな」は、日本の議員団や米副大統領が来沖する度に駆り出される学童（「哀れなお人形」）が、政治的に利用されることで自己喪失してしまう危惧を訴えたものである（「頭のいい子なら、自分自身が何であるか、混乱するに違いない。そしていい頭も悪くなる」）。その後、この投書で述べたかったことを大城は以下のようにまとめている。

わたくしは二年ほどまえにもタイムス紙上でこのことをのべました。……要は「教育は主体性をうえつけるのがしごとであって、目さきのあやふやな（時代がうつれば価値判断のかわりやすいような）政治上の結論を子どもに押しうりするのはよくない。そのようにして結論だけを安易にのみこんだこどもが、成長して時代がかわってしまったら、どうしてよいか迷うだろう。こどもには、どう時代がかわっても自分のあたまで判断し実力で行動し生活しうるだけの主体性をやしなうべきだ。これが教育の本旨である」と、のべたのでした。（『私の教育論』若夏社、一九八〇年、一八—一九頁）

一連の教育論のなかで大城が主張する「主体性」とは、第一に「自分のあたまで判断し実力で行動し生活」するという「自立性」を意味していると思われる。また同時に、大城は一九五〇年代から現在にいたるまで散発的に展開されている新川明との「文学する者の主体性」をめぐる論争において、文学者の「主体性」を思想の「独自性」としてとらえているようにみえる。大城が新川を、あるいは「琉大文学」を批判する根拠は、新川らの文学の根底にある思想が、「社会主義リアリズム」や「異族の論理」などの「本土で書かれた思想を真似たような思想」であるからという点にある。新川らの文学や思想は「ヤマト流れ」だから、それらは主体的でないと大城は主張しているのである。沖縄で「文学する者」として主体的であるためにはどうすればよいのか。大城にとってそれはおそらく、「ヤマト流れ」ではない、沖縄らしいテーマ（素材）の発見や沖縄らしい表現の創出を意味したであろう。そのように、沖縄なるものを文学の方法を用いて掬い上げていくことは、大城にとって自己の主体性を確保することと表裏一体の営為であったのである。

## 3．立ち位置と「複眼」――「カクテル・パーティー」と「神島」

### （1）大城立裕にとって「カクテル・パーティー」とは？

小説「カクテル・パーティー」は、一九六七年二月発行の『新沖縄文学』第四号に掲載され（執筆は一九六五年）、同年上半期の第五七回芥川賞を受賞した作品である。大城の芥川賞受賞は、彼がその中で文学の営みを行う境域である沖縄にとって、そして、いうまでもなく大城個人のその後の文学における歩みにおいて、大きな影響を及ぼした「事件」であった。

まず、沖縄にとって大城の芥川賞受賞はどのような意味をもっていたのだろうか。長年にわたり大城の論敵であり続けた新川でさえ、「沖縄における近代文学史上、あるいは民衆精神史上で、大城の芥川賞受賞という『出来事』が果たした歴史的意義と功績は、これをどのように評価しても評価しすぎることはない」と断言し、その芥川賞受賞を称えている。新川は大城の芥川賞受賞が歴史に刻まれるべきである意義を二つほどあげており、その一つは、大城の芥川賞受賞までは全国レベルで認知されている沖縄の作家がなく、「沖縄は文学不毛の地か」という自己認識が一般化している中、大城の受賞によってその壁が破られ、沖縄が文学的に豊かな可能性をもつ地域であることが内外に示されたという点である。二つが、大城の受賞が、明治の「琉球処分」以来、日本あるいは日本人に対して沖縄人が持ち続けていた自己卑下の意識を払拭する「最初の嵐」となったということである。

しかし、その一方で、大城個人にとって芥川賞受賞がもつ意味は、沖縄という境域にとってと同様な薔薇色に満ちたものでは必ずしもなかっただろう。芥川賞受賞によって大城は東京を中心とする文壇、「本土の文士たち」及びその読者からなるネットワークに組み込まれる（本土においても「作家」として認知されることになる）ことになるのだが、そこで発生する本土の大城に対する評価は、一つの大きな「試練」として彼の前に立ちはだかることになるのである。いわゆる、本土と現地（沖縄）の間で生じる価値判断の不一致の問題である。大城はあるエッセイのなかで、戯曲「神島」が東京の劇団によって上演された時に体験した、本土と沖縄との間の相互不理解について述べた後、「カクテル・パーティー」と「亀甲墓」に対する本土と現地（沖縄）の評価のズレの問題に筆を及ぼしている。

……『カクテル・パーティー』より『亀甲墓』のほうが文学としての価値がたかいと、私自身もかねてから考えていたし、現地の大方の読者のあいだでもそのようである。本土では思いもよらぬことであるらしい。私がこのことを試練だという意味は、たとえば私の作品にたいする中央での評価が低いばあいに、ほんとうに技倆の不足によるものであるのか、『亀甲墓』のように、むこうがオキナワを知らないことによるものであるのか、判然としない、ということである。「本土と現地とで、その価値判断を一致させるということは、大城一代では無理だろう」と、米須教授はいう。（「沖縄で日本人になること」谷川健一編『叢書わが沖縄（第一巻）』木耳社、一九七〇年、二二二頁）

この大城の発言には、文学的な方法を駆使して本土でも理解しうる〈沖縄〉を描くという作家の使命感と、「カクテル・パーティー」よりも普遍的価値が高いと大城自身がみなしている「亀甲墓」が本土では「分かりません」という理由でまったく評価されなかったことに対する不満と、そして結局本土は〈沖縄〉を理解することがないだろうという諦念とが綯い交ぜになって示されているといえよう。ここで問題が二つほど浮上してくる。一つは、「カクテル・パーティー」は「亀甲墓」にくらべれば、まだ本土において理解を得られているのだと大城は考えているのだが、本土はどの程度に「カクテル・パーティー」を理解したのかという問題である。もう一つが、大城（あるいは「現地の大方の読者」）が、なぜ「カクテル・パーティー」よりも「亀甲墓」の方が「文学としての価値が高い」とみなしているのかという問題である。

前者についていえば、本土における「カクテル・パーティー」の理解は、その芥川賞受賞の際の銓衡委員たちの選評にうかがうことができる。「第五七回芥川賞選評」には、本土を代表する作家たちの「カクテル・パーティー」に対する（的外れな同情や共感を含めた）不理解が、その受賞と「沖縄問題」との関連を否定する言葉とともに随所にあらわれている。例えば、銓衡委員の一人である三島由紀夫は「カクテル・パーティー」の欠点を「良心的で反省的でまじめで被害者で」という主人公のキャラクタリゼーションの中に認めていて、作者は（つまり大城は）、この主人公のキャラクターが事件をこじらせる一因であるのにもかかわらず、「それらをすべて大きな政治的パズルの中へ溶かし込んでしまう」と解釈している。また、石川達三、丹羽文雄、船橋聖一による以下の選評なども、当時、本土においては、「カクテル・パーティー」について、現在わたしたちがこの作品を認識するような形では（この点については後に詳述する）読解されていないということを示しているのである。(4)

> カクテル・パーティーは（私）で始まり途中から（お前）という第二人称にかわる。しかしその（お前）は前半の（私）である。その事の必然性がどうしても納得できなかった。私が私をお前と呼ばなくてはならぬ理由はなかったように思う。……私はそこに躓いた。／次に暴行を受ける娘の、その暴行の事情がはっきりしないし、娘自身のそれに対する態度が書いていない。父が一人で怒っているが、娘の心理は不明で、作品としては片手落ちになっている。ただ沖縄らしい生活事情の理不尽さが書かれ、その理不尽さが日常であることもよく解るように思った（石川達三）。

……最後がことに印象的であった。自分の家のはなれを外人と日本女の情婦に貸していながらその外人に娘が犯されて騒ぎたてるのは筋がとおらないという批評も出たが、理屈ではそういうことになるが、個人の問題はまた別だ。この小説では大して傷になっていない。勝味のない告訴をあえてやらずにはいられない主人公の気持ちが胸を打つ。そしてこの気持ちが沖縄のひとびとをはじめ、われわれの胸に通うものである（丹羽文雄）。

「カクテル・パーティー」（大城）は、カドを立てて書けば、いくらでもセンセーショナルになる題材を、よく抑制をきかせ、丹念に書き上げている。沖縄の占領下の苦しみは、私らが二十年前に経験した状況とよく似ていて、いくらわめき叫んでも、どうにもならない重圧下の島民の生活を勇気をもって作品化した点に好意をおぼえる。／只、永井氏の発言にあったことで、この作品の政治的立地条件からくるアテコミの故に、銓衡されたものではなく、あくまで作品本位で選んだことは、私も証明しておきたい（船橋聖一）。

次に第二の問題、大城はなぜ「カクテル・パーティー」よりも「亀甲墓」の方が「文学的価値が高い」とみなすのかという点について考えてみたい。「沖縄の人間はなにがエネルギーになってこんなでっかい墓を作るのか」という子どもの頃からの疑問と、安谷屋《あだにや》正義から聞いた「沖縄戦の真最中、敵弾の飛び散る中で葬式を出した家庭がある」という話が結びついてその着想が生まれたという「亀甲墓」は、大城の言葉を借りるなら、「戦場になった村で伝統的な亀甲墓に避難した一家族の生活を、ひたすら写実的に描くことで彼らの死生観を描いたものである」という。以前に示唆したように、大城は自身の初期作品を、「異邦人との接触の面から沖縄をとらえる」ものと、「沖縄人の体質自体の中で沖縄というものをとらえる」ものの二つの系統に分けており、前者に属するのが「二世」「逆光のなかで」「棒兵隊」「カクテル・パーティー」であり、後者に属するのが「票《ふだ》」「亀甲墓」である。米須によれば、「沖縄を異邦人との接点でとらえる」手法を用いた大城作品は、時に独創性に欠け、またある場合に、その手法から浮かび上がるであろう沖縄なるものの分析があまり明晰でなかったりするという。その一方で、米須は「亀甲墓」を「専ら土着の脈絡の中で沖縄人のサガ（＝死生観）」を捉えていると激賞する。この米須の「亀甲墓」評を受けて、大城は以下のようにこの作品の価値について説明している。

　ここでは、加害の意識も被害の意識もなく、ひたすら生きているだけであるが、作品は亀甲墓を象徴的に登場せしめることによって、人間と文化風土とを正面から切り結ばしめているのである。沖縄で生そのものの実存を、ありのままに見る文学がそろそろ可能になったといえる。
（「沖縄文学の可能性」『国語通信』第二七七号、一九八五年、二七頁）

　つまり、大城は「亀甲墓」で、沖縄的な素材だけで沖縄人の体質そのものを、「沖縄の神話的な空間」や「生そのものの実存」を、表現しきったと確信したのである。従ってそれをなしえなかった「カクテル・パーティー」よりも「亀甲墓」の方が文学的な価値が高いという結論に達したのである。以上の点を踏まえながら、次に「カクテル・パーティー」の内容について確認しておきたい。

## （2）「カクテル・パーティー」の読解をめぐる断層

「カクテル・パーティー」は、「私」を語り手とする前章と、「お前」という二人称（「私」と同一人物）によって語られる後章の二つの章で構成されている。前章はミスター・ミラーのパーティーに招待された「私」がゲートから「基地住宅」、すなわち米軍人の住宅地の中に入る場面から始まる。一〇年前の同じように蒸し暑い日、「私」は守衛《ガード》の姿が見えないことから、「基地住宅」を東へ突っ切って抜けてみようという出来心を起こし、その結果「おなじ道をぐるぐるまわっていた」という恐怖を味わったことがある。守衛にミラーの名前とハウス・ナンバーを告げゲートをくぐった「私」にその時の記憶と不安がよぎるが、今日の「私」はミラーという知り合いがいることから安心しきっており、「いい気持ちだ」とさえ感じている。「私」は、ミラー、「中共」が支配する大陸からの亡命者である弁護士の孫、そして本土の新聞記者である小川の四人で中国語研究のグループをつくっている。その縁で孫や小川とともに、ミラーが主催するカクテル・パーティーへ招待されたのだった。「私」はミラーとの交際を通じて参加することが可能になったそのようなパーティーや軍のクラブでの食事に対して「選ばれた楽しみ」を感じている。

パーティーの席上、現在及び過去において「占領―被占領」という関係にある（あるいはあった）アメリカ（ミラーとその隣人のミスター・モーガン）、本土（小川）、中国（孫）、そして沖縄（「私」）という四つの立場から、沖縄の帰属問題やその言語、琉球文化等についてのきわどい話題が持ち出されるものの、お互いがそれを巧みにかわすことで表面上は和やかな「虚構としての空間」（岡本恵徳）が保たれている。

「郭沫若《クオモールオ》の『波』という小説の中に、中日戦争のさなかに敵の——つまり日本の飛行機の爆音をきいた母親が、泣きわめくわが子の首を扼殺するところがありますね」／新聞人《プレスマン》が言った。孫氏が無表情でゆっくりうなずいた。そうですねとも、そうですかとも、どちらともとれ、あるいはなにかに堪えて仕方なしに調子をあわせている様子とも受けとれた。「沖縄にもありましたよ」私は小川氏にむかった。「沖縄戦では、そういう事例はざらにあったということを、私はきいています。しかも……」私は、またよどんだ。ときには日本兵がやったのだ、といおうとしたのだ。が、「ま、よしましょう。酒をのみながら、どうも戦争の話は」（「カクテル・パーティー」『大城立裕全集（九）』勉誠出版、二〇〇二年、九四頁）

しかし、パーティーの和やかな雰囲気はミスター・モーガンの三歳になる息子が行方不明になるという一報が届くに及んで一転して緊迫したものになる。パーティーは一時中断され、「私」は孫と組んでモーガンの息子を捜すが、孫はこの行方不明が、「私」には想像も及ばなかった沖縄人による「誘拐」であるかもしれない可能性をほのめかし、事件にどこか他人事で臨んでいた私を愕然とさせる。そんな「私」に、孫は戦時中、日本軍の占領下にある「重慶のひとつ手前の」W町で、長男が行方不明になり捜しまわった時の記憶を語って聞かせるが、その直後、モーガンの息子の行方が判明する。一日暇をもらって里帰りをしたメイド（沖縄人）が、モーガンに断りをいれずに二世を連れて行ってしまったというのだ。

「とんだ誘拐だ」／私もつい大声を出して笑った。無論会ったこともないメイドだ。たぶん年端もいくまい。主人にだまって主家の幼児を連れて里帰りをしたという無分別にたいする怒りは、生じると同時に蒸発してしまって、そのメイドの底抜けの善人ぶりを、声をはりあげて謳歌したくなった。（「カクテル・パーティー」『大城立裕全集（九）』勉誠出版、二〇〇二年、一〇一頁）

沖縄人の手による誘拐という最悪の事態を回避し安心しきった「私」は、にこやかに近づいてきたミセス・ミラーの「豊麗な肉体」に意識を向ける余裕をみせ、ここで前章が閉じられる。

後章では、前章で「選ばれた楽しみ」を享受するために「私」が保持しようと努めた「虚構としての空間」、米軍支配下での米琉親善、国際親善の虚妄が次から次へと暴かれてゆく。ミスター・ミラーのパーティーから「微醺をおびて帰宅した」「お前」は、「お前」の裏座敷を借りて愛人を住まわせているロバート・ハリスによって娘が犯されたことを妻から知らされる。「お前」は親しくつきあっていたロバートが起こしたその事件を信じられずにいるが、事件を知ったロバートの愛人が「私だって犠牲者なのよ」という捨て台詞を残しただちに引っ越していくのに及んで、「事件をそのままに流しては、ロバートやその愛人との関係がきわめて不安定なままに埋もれてしまうし、自分の周囲に自分の手の届かない世界がいつまでも存在するということが、お前には到底耐えられない気がした」という理由から、娘の強い反対を押し切りロバートに対して告訴することを決意する。しかし、その翌日、「お前」の娘は、犯された後でロバートを崖から突き落として大怪我をさせた傷害容疑で米軍ＣＩＤに連行されてしまう。告訴の手続きをとるために警察署を訪ねた「お前」は、係官に告訴の不利を指摘される。係官は以下のような理由から「お前」に対して告訴を断念することを勧める。第一に、娘が犯された事件と娘がロバートに傷害を与えたという事件は別個の事件として取り扱われ、ロバートの裁判は軍で、娘の裁判は琉球政府の裁判所で行われること。第二に、ロバートの裁判は英語で行われる上に、強姦事件そのものが立証の困難な事件であるということ。そして第三に、娘の裁判が行われる琉球政府の裁判所は、軍要員であるロバートに対して証人喚問の権限がなく、ロバートを証人として喚問しない限りは娘の正当防衛の立証は不可能であること。「お前」の前に立ちはだかるのは、冷徹な法律の論理であり、その背後にあってその論理を支える占領―被占領（あるいは支配―被支配）という関係である。「お前」はロバートを自発的に証人として出廷させるべく、「おなじアメリカ人」のミスター・ミラーに協力を要請するが、この事件をアメリカ人と沖縄人との間に起こったものと解釈すれば米琉親善が保てなくなるという理屈を楯に、ミラーはその要請を拒絶する。途方に暮れた「お前」は小川を訪ねるが、小川からミラーが諜報部隊CICの一員であることを知らされるのである。

「カクテル・パーティー」という作品は、米軍の占領下に置かれた沖縄の人間の苦悩、支配者であるアメリカと被支配者である沖縄の確執を描いた作品であり、また同時に支配者と被支配者の国際親善の欺瞞を鋭く告発した作品であると広く理解されている。ここまでの展開だけをみれば、確かにこの作品はそのように読めるのであり、また先に示した芥川賞の銓衡委員たちもそのようにこの作品を読解しているのである（「沖縄らしい生活事情の理不尽さが書かれ、その理不尽さが日常であることもよく解る」「どうにもならない重圧下の島民の生活を勇気をもって作品化した」）。しかし、ここから先の展開には、そのような読解を超えた作者の意図が暗示されている。

「お前」は小川とともに「友情にたよって」弁護士である孫の住宅を訪れ、ロバートが自発的に証人として出頭する説得をしてほしいと依頼する。そのやりとりの中で、孫の亡命者としての脆い立場が明白になるが、孫はロバートの説得を了承し、三人でロバートが入院する病院へと出向くも、ロバートから「私は、沖縄の住民の法廷に証人として立つ義務はない」との手痛い拒否を受ける。「お前」はそんなロバートに、「お前の家族とも片言の日本語でつきあった、あの男なのか」、「カリフォルニアの故郷の農場と家族の話もして、お前たちに彼の家族ともつきあいがあるかのような錯覚さえおこさしめた、その男なのか」という怒りと絶望を感じる。その帰途、ゴルフ場で善後策を講じる三人であるが、権利─義務に囚われ、「お前」に対してうわべだけの同情しか示さない孫にやきもきした小川が、「中国は、戦争中に日本の兵隊どもから被害をうけた。いま沖縄の状態をみれば、その感情も理解できるのではありませんか」と言うに及んで、孫は一瞬その表情に「怒りのような翳」を浮かべながら、日本軍占領下のW町で長男が行方不明になった折に妻が日本兵によって犯されていたという真実を告白し、そして問う「一九四五年三月二〇日に、あなたがたはどこで何をしていましたか」と。ここに至って、「お前」は自分の中にある加害者性を認め、自分自身がミラーや孫と同様な「仮面」をつけていたことに気づくのである。小川や孫と別れて家に着くと、娘が帰っていた。娘は連行されたその日のうちに釈放されたが、家には帰らずコザの友人宅に泊まっていたという。そう告白する娘に対して、「お前」は「ミスター・ミラーや孫氏からうけた信じがたいなにものか」を感じ、そんな娘からの強い反対によって告訴を断念するのである。しかし、それから一〇日ほどたってミラーのパーティーに招かれた「お前」は、そこでミスター・モーガンが無断でジュニアを連れて里帰りしたメイドを告訴したことを知らされ、そのことが「お前」に再度ロバートを告訴することを決意させる。「怨恨を忘れて親善に努める」という孫、「この時に憎んでもいつかは親善を結ぶという希望をもつ」と主張するミラーに対して、「お前」は「やはり仮面の論理だ」と突き放し、そして「私はその論理の欺瞞を告発しなければならない」ことを宣言する。「あなたの傷はわたしの傷にくらべてかならずしも重いものだとは考えていない。しかし、私は苦しみながらもそれに耐え、仮面をかぶって生きてきた。そうしなければ生きられない」という孫に対して、「お前」はこう答える。

孫先生。私を目覚めさせたのは、あなたなのです。お国への償いをすることと私への娘の償いを要求することとは、ひとつだ。このクラブへ来てからそれに気づいたとは情けないことですが、このさいおたがいに絶対的に不寛容になることが、最も必要ではないでしょうか。私が告発しようとしているのは、ほんとうはたった一人のアメリカ人の罪ではなく、カクテル・パーティーそのものなのです。（「カクテル・パーティー」『大城立裕全集（九）』勉誠出版、二〇〇二年、一二四頁）

この引用部分、一度は己が「仮面の論理」の中で生きていることを認めながらも、また、当事者である娘から強い反対を受けながらも、「お前」がロバートの告訴に踏み切った理由に、大城がこの作品を書いた真の意図が秘められているという。

「カクテル・パーティー」を執筆する前後において、沖縄の知識人として琉米親善とどのように向き合うべきかが大城の懸案事項だったという。アメリカ人と沖縄人との日常生活における交流には愛すべき点がありこれをまったく否定することはできないが、一度体制と矛盾するケースが発生した場合に脆くも崩れ去ってしまう「仮面の論理」がそこには見え隠れしている。しかし、そのような国際親善の欺瞞性を暴くだけなのであれば誰にでもできることであり、大城はそれに飽き足らなかったという。そこで生まれたのが、「加害者としての自分をも相手をも同時に責めるべきだ」という、あるいは「加害者として対象化されるべき主体」と作者自身が主張する、この作品のメインテーマである。

そのような単純素朴な反米思想なら、小説でなくともよい、という躊躇いがあった。ここで私の中国体験が生きた。かつての中国での罪を、沖縄人も日本人として負わなければならない、と思いいたると、それならば双方の罪を帳消しにすればよいかと、思いはめぐった。しかし、それも「喧嘩両成敗」という古い言葉があるように発見がない。そこで、「双方とも恕さない」という新しい発想に発展し、これで小説になるという自信が生まれたのである。／「自分の罪をも恕さないことで、相手の罪を恕さないだけの、堂々たる戦いができる」という論理である。被害者と加害者とが、ここでは同時に止揚されて一つになり、普遍的な罪と罰の論理が生まれる。（『光源を求めて（戦後50年と私）』沖縄タイムス社、一九九七年、一八六頁）

再度確認しておくが、「カクテル・パーティー」は米軍の占領下に置かれた沖縄の人間の苦悩、支配者と被支配者の国際親善の欺瞞を鋭く告発した作品であると広く理解されており、とりわけ芥川賞受賞直後の本土では、この作品はもっぱらそのように読解されたし、また作品が発表された当初から作者によってそのような意図が表明されてもいる（私は、アメリカとのあいだの似非親善をあばくつもりで『カクテル・パーティー』を書き……）。しかし、大城は一貫して、この作品が国際親善の欺瞞性をあばくことを出発点としながらもその意図を乗り越えているという主張もしていて、上述した「加害者として対象化されるべき主体」が「カクテル・パーティー」のメインテーマに据えられているのである。

ところが、岡本は、「カクテル・パーティー」を構造的に分析し、その支配者と被支配者の国際親善の欺瞞を鋭く告発した作品という一般的な読解のされ方と、作者自身がいう「加害者として対象化されるべき主体」というこの作品のテーマの捉え方の双方に異議を申し立てている。

第一に、「カクテル・パーティー」が支配者と被支配者の国際親善の欺瞞を鋭く告発した作品であるという解釈が妥当でない理由として、岡本は主人公（「私」「お前」）の「選ばれた」人間であることを享受しようとする姿勢をあげている。つまり、主人公は「選ばれた」沖縄人であって必ずしも占領下の矛盾に集中的にさらされているわけではなく、前章において、「私」は既にカクテル・パーティーに象徴されるような国際親善の虚構性に気づいており、むしろ現実から隔たったその虚構の世界を積極的に享受しようとしているのである。そのような位置に主人公をおいたこの作品の主眼が「支配者と被支配者の国際親善の欺瞞」に対する告発にあるという見解にはおそらく無理があるのではないかと岡本はいう。

第二に、大城が主張する「加害者として対象化されるべき主体」というテーマがこの作品のメインテーマ足り得ない証拠として、岡本は主人公がロバート告発に踏み切るタイミングを指摘している。後章で主人公「お前」が国際親善の欺瞞、「仮面の論理」を告発する最終的な契機となるのは（つまりロバートの告訴に踏み切るのは）、モーガンによって息子を無断で連れ出したメイドが告訴されたことである。この作品が「自分の罪をも恕さないことで、相手の罪を恕さないだけの、堂々たる戦いができる」という「加害者として対象化されるべき主体」あるいは「加害者に対する絶対の不寛容」を主題とするのであれば、孫の告白によって自身の中の加害者性を自覚した時点で「お前」を告訴に踏み切らせなければならないはずである。しかし、「お前」は自身の加害者性を認めたその日に、娘の反対で告訴を一度は断念している。その一〇日後に、「お前」とは一面識すらないメイドがモーガンによって告訴されたことを聞いて、「お前」はロバートの告訴を最終的に決断するのである。

「お前」はメイドがモーガンの息子を無断で連れ出したことを知った時、無分別に対して怒りを感じるよりも、その「底抜けの善人ぶり」を謳歌したくなった。メイドのそのような行為が体現しているのは、「底抜けの善意と人のよさ、あふれるばかりの愛情と隔てのなさという沖縄的な価値」(鹿野政直)、あるいはその「共同体的な感性」(岡本恵徳)であって、「お前」はそれに共感している。「お前」は、国際親善という場面においてはその虚構空間の中で仮面をつけて生きることが可能であると考えているが、現実の人間関係においては、その感情のまま、本音のまま「仮面なし」の人間関係を保たねばならないという信念をもっている。そして、その信念は「お前」にそれとして意識されることのない沖縄的な感性、価値観であるといえる。メイドの告訴を知った時に「お前」が激昂したのは、「沖縄そのものが陵辱された」と感じたからである。岡本はその点を指摘し、「カクテル・パーティー」が「米軍支配という冷厳な現実によって、沖縄の共同体的な感性が崩壊し、近代的な論理の貫徹の際に生ずる、さまざまなきしみを表現した作品」という新たな読解の可能性を示唆している。

「カクテル・パーティー」という物語の確認及び岡本によるその解釈の紹介が長くなってしまった

が、ここで指摘しておきたいことは、この「カクテル・パーティー」という作品の解釈をめぐって、作者の意図と、批評家の指摘[5]、及び一般読者の読解との間にズレが生じているという点である。芥川賞受賞当時の本土では（あるいは今日でも一般読者の多くは）、「カクテル・パーティー」は支配者と被支配者の国際親善の欺瞞を鋭く告発した作品であると解釈されていた（あるいは今日でも解釈されている）。

その一方で、作者である大城は、「加害者として対象化されるべき主体」をこの作品のメインテーマに据えており、「アメリカ占領下の苦悩」という限定された枠組みの中でしかこの作品を読解できない本土のマスコミに対する不信感を表明している。「カクテル・パーティー」が大城の意図する通りの作品であるならば、この作品は沖縄の、そして大城自身のアイデンティティを発見する（あるいは回復する）ために書かれたものであるといってよいのかもしれない（鹿野もこの作品が大城個人にとって「八・一五ないし一九五〇年代に始まる主体回復の模索ゆえに到達した新地平」としての意味を持つことを指摘している）。

また、先に紹介したように、岡本は「カクテル・パーティー」の一般的な読解にも作者自身の説明にも異議を申し立て、作品の構造に着目し、「カクテル・パーティー」が沖縄的な、近代以前の共同体的な関係性の支配する社会に生きる人間の感性（＝「本音に従って生きることをよしとする原理」）と「仮面の論理」に象徴される近代的な論理（＝「仮面をつけねば生きられぬとする原理」）の衝突葛藤を描いた作品であるという読み替えを試みている。もし、岡本によるこの読解が正しいとするならば、大城の意図は別にして、「カクテル・パーティー」は、「異邦人との接触の面から沖縄をとらえる方法」を駆使して、「沖縄人の体質そのもの」を、「神話的な空間」とまではいかなくとも、普遍的なレベルにおいて表現しきった作品であるという評価もできるだろう。

一体誰の〈読み〉が正しくて、誰のものが誤っているのか。「カクテル・パーティー」の読解につきまとうそのような混乱は、おそらく大城がよって立つ、「文学する者」としての立ち位置に起因しているといえよう。一九五〇年代の大城が「大家、流行作家、新進作家、文学志望者をかねるかたちで」作品を順次発表していったという鹿野の大城評を先に引用したが、おそらく「プロ」と「アマチュア」を兼ねるというその立ち位置は、大城の芥川賞受賞の前後まで続いたことであろう。大城が「アマチュア」として、主に「自己確認」のためという個人的な動機から「カクテル・パーティー」を書いたのだとしたら、「カクテル・パーティー」のメイン・テーマが「加害者として対象化されるべき主体」にあるのは当然のことであろう。

その一方で、大城は沖縄文壇を代表する「プロ」でもある。沖縄文壇を代表するプロである以上、彼の作品は〈沖縄〉という場と関連づけて読まれることが宿命づけられることになる（とりわけ戦後沖縄文学の代表的な研究者である岡本は、大城作品の中に「沖縄で文学活動をすることの意味」や「沖縄の現在の文学状況」を〈読む〉あるいは〈読もうとする〉ことが多い）。沖縄文壇を代表する作家の手になる「カクテル・パーティー」が〈沖縄〉という全体と連関をもつのが必然であるならば、この作品は、岡本が指摘しているように、「米軍支配という冷徹な現実によって、沖縄の共同体的な感性が崩壊し、近代的な論理の貫徹する際に生ずる、さまざまなきしみを表現した」作品であるともいえるだろう。

また、芥川賞受賞という事実によって、大城は「本土（ヤマト）」と「現地（オキナワ）」を股にかける立ち位置を与えられることになる。沖縄、あるいは沖縄において生成される文学のコードをよく知らない本土の読者にとって、「カクテル・パーティー」とは「支配者と被支配者の国際親善の欺瞞を鋭く告発した作品」以外の何ものでもなかっただろう。

この時、大城立裕という作家は、プロとアマチュア、そしてヤマトとオキナワのクロスロードに立っていた。(6) そして、そのような大城の立ち位置を最も表象しているのが「カクテル・パーティー」という作品なのである。

## (3)「神島」――「複眼」と視点の消失――

「加害者として対象化されるべき主体」をメインテーマに据えた「カクテル・パーティー」を経て、大城がたどり着いた視点を鹿野は「複眼」とよぶ。「複眼」の視点とは、以下に引用した、演劇集団「創造」の上演パンフレットに寄せた、大城の同名のエッセイに由来するものである。

今日、安定ムードのなかに不安が……と私どもはいう。しかし、ある人は私に語った。「今日、不安のなかにある、ある安定感、それをぼくらは大事にしたいね」――／渡嘉敷島は、すぎた戦争で集団自決のおこなわれた島だ。そこにいま、ミサイル基地が安住している。島の人たちはそれを疑わない――。……この沖縄に充満する、これらいくたの内部矛盾を、なげき、否定あるいは笑うことはできる。だが、それだけでよいか。いちばんさきに解決すべきことはなにか。すくなくとも、これらの存在を重いものとして、連帯感のなかで認識しなければなるまい。……いま話しあわなければならないことは、この沖縄に生きるものとして、「沖縄」「われわれ」「日本」「日本人」「世界」「外国人」「むかし」「いま」「古いもの」「新しいもの」等々を、いかに認識し、表現するかだ。／正も反も善も悪も、一団のなかに吸収し、表現しなければならない演劇創造のなかで、いまいちばん要求されるものは、複雑な対象を多面的にみるための複眼だと私は思う。（『私の教育論』若夏社、一九八〇年、六一―六二頁）

鹿野は「カクテル・パーティー」で大城が試みたことについて、「被害者にたいして打ちだされた加害者像……（それは）他者からの同情や自己への甘えをふり払い、みずからがかかえる諸矛盾をみつめつつ、自立の途を切り拓こうとする態度樹立への、作家の呼びかけ」であるという理解を示し、大城の提唱する「複眼」とは、「そのように諸矛盾を自覚的に捉える立場」であり、「複眼」の視点に立つことによって大城は「矛盾に支配されず、逆に矛盾を飼いならす、〝ふてぶてしさ〟をもつ精神の醸成を提唱していたのである」と解釈してみせる。ここで注意しておかなければならないのは、大城（そして鹿野）が提唱する「複眼」は、同時に三つの意味をもつものとして理解されているということである。すなわち、それは大城という一人の作家のアイデンティティの置きどころであると同時に、「沖縄に生きるもの」が共通してもたなければならない精神のあり方を指しており、かつまた、それが文学表現上の技法としても理解されているということである（演劇創造のなかで、いまいちばん要求されるものは、複雑な対象を多面的にみるための複眼だ……）。

この「複眼」という視点が最も典型的にあらわれている作品が小説「神島」であるといえよう。「複眼」という、本来は大城立裕という一作家のアイデンティティの置きどころとして示された視点が、文学創作上の方法として用いられることでどのような問題が生じるのかを確認するため、小説「神島」の内容を簡単に紹介しておく。

小説「神島」は、日本復帰の政治的路線が既に敷かれ、「核抜き本土なみ」というスローガンが出されるなど復帰のあり方についての議論が沸騰していた一九六八年に『新潮』に掲載された、沖縄戦の悲劇の象徴である渡嘉敷島の集団自決に題材をとった作品である。[7]大城自身の説明によれば、「カクテル・パーティー」が対米違和を書いたものなら、「神島」はより複雑な対日違和を書いたものであるという。鹿野が指摘しているように、戦争中に集団自決があったとされる神島を舞台として設定し、「本土対沖縄のからみ、より正確にいえば、本土への沖縄からの様々に屈折した想いの一進一退」を主要な展開軸とするのが小説「神島」であるといえる。

「神島」で「狂言廻し」の役を割り振られているのが田港真行である。神島の国民学校に教師として四年間勤め、疎開学童を引率して九州に渡り、疎開先で土地の娘を妻にした後そのままそこに居ついてしまった田港は、戦没者慰霊祭に招待され二三年ぶりに神島を訪れる。架空の島である神島は、沖縄戦の端緒において「軍は最後の一兵まで島を死守する覚悟でいる。その食糧を確保するために島民は自決せよ」という軍令の下「集団自決」が行われた島、そして現在では米軍のナイキ基地が屹立する島として描かれている。田港は集団自決の話を島民から聞きたい、集団自決に際しての「島の人たちの細かい心理」を知りたいと考えており、田港が事件の真相を訪ね歩くことで物語が展開してゆく。作者は、故郷を捨てた「半沖縄人」であるが故に「本土（ヤマト）」側と「沖縄」側の双方の立場を理解しうる人物として田港真行を設定している。

「沖縄」の側に位置づけられる登場人物として、普天間全秀、全一の親子、浜川ヤエ、与那城昭夫などがいる。

普天間全秀は国民学校の元校長であり、神島の集団自決の際に、軍の命令によって島民に集団自決を説得しその決行にいたらしめるものの、自らは手榴弾の不発で生き残り、戦後は集団自決について頑なに沈黙を守っている。

「基地収入のおかげで鉄船を村で経営することができた」と臆面もなく語るその息子全一は、村の助役であり、「あのような醜い戦争があった、それを訴えることによって、島のいまの美しい姿がより強く印象づけられる、そして将来観光誘致の力にしよう……」という、父親とは異なる現実的な理由から集団自決について口を閉ざしている。

全秀の妹で祝女殿内《のろどんち》である浜川家に嫁ぎ、神事をつかさどる祝女《のろ》となっていた浜川ヤエは戦時中、集団自決を避けるために、祝女の他には入ることを禁じられていた山奥の拝所に親子三人でひそんでいたが、やがて兵隊がやってきて夫・賢良が連れ出され、夫と兵隊はそれきり戻ってはこなかった（おそらく死んだものと推測されている）。収容所生活が始まってからほどない頃に、拝所の洞窟の中に「十幾人の屍体」を発見して以来、ヤエの精神生活は「恥と悔いと怖れ」に塗りこめられたものになった。ヤエは夫が兵隊に連れ出されたときに、護符代わりに勾玉《まがたま》を持たせたのであるが、「神の道具である勾玉をもって出かけたまま帰らなかった夫の遺骨収拾をあいまいなまま捨てておくことは不安」という理由から、戦後はツルハシをふるって夫の遺骨を探そうとしている。

沖縄の戦後世代を代表している与那城は、「観光映画」を撮るために神島を訪れた本島のカメラマンであり、あくまでも単なる「観光映画」を望み、集団自決に関して口を閉ざそうとする村長や助役（全一）を前に、「戦争の傷痕」を主題とした映画を撮ろうとしている。また、敵も味方も「戦死した連中を、みんな一緒くたに祀る」慰霊祭のあり方に疑問を投げかけ、戦争の責任を負い続けようとするヤエに共感している。

これに対して、「本土（ヤマト）」側に位置づけられる人物として木村芳枝、宮口朋子、大垣清彦などがいる。

木村芳枝は本土へ留学していたヤエの一人息子・堅信と学生運動を通じて知り合い同棲をしていたが、交通事故で堅信を失い、その遺骨を持って島を訪れている。

宮口朋子は、神島の守備隊員であった（そして、ヤエの夫である浜川賢良を連れ出して殺した人物であると噂されている）宮口軍曹の娘であり、父親のことを調べるために長崎から神島にやって来て普天間家に滞在している。与那城によって真実を知らされた朋子は、自責の念からヤエの遺骨探しに同行し、不発弾を掘り当てたことにより吹き飛ばされるという運命を与えられる。

大垣清彦は、学問のためだけでなく沖縄が好きだから、「この五年ほど、年に一回、夏休みのころになるとやってくる」〝沖縄病〟患者の民俗学者である。神島での日本軍の所業についてどう思うかを問われたときに「日本人の一人として、恥じるというか腹立たしいというか……やはり、軍隊は愚劣だというのが、いちばん近い気がするな」と他人事のように答える大垣、浜川ヤエの遺骨探しについて、「美しい民俗というものでしょうね。哀れなことながら美しい」という感想を述べる大垣に対して、与那城は「一体、この大垣という学者は、どこの国の人間として語っているのだろう」「浜川の未亡人の悲劇を、勾玉というイメージを通して民俗学的な美意識のなかへ解消してしまう心情は、果たして沖縄を愛しているのか」という疑問を感じる。

「神島」では、「カクテル・パーティー」で大城が展開してみせた「被害者／加害者」論が敷衍されているといえる。まず、加害者である本土の人間（いわゆる「ヤマト人」）に対する被害者側である沖縄の不信感が、木村芳枝、宮口朋子、大垣清彦というタイプの異なるヤマト人への反応として示されることになる。芳枝はたまたま沖縄出身の男性と関係をもったにすぎない「ヤマト嫁」であるが、沖縄に対する「無知」のゆえに終始その無知を糾弾される立場に置かれることになる。朋子は、戦時中、村長に集団自決を唆し、また、ヤエの夫を連れ出して殺害した軍曹の娘としての「業」を背負わされ、最後には爆死させられてしまう。民俗学者・大垣は沖縄に「無責任」な関心の寄せ方をする〝沖縄病〟患者の典型（「困ったやつ」）として描写されている。しかし、その一方で、「神島」では、宮口朋子に対して決して冷厳な事実を語ることのない神島の人々に代表される、加害者であるヤマト人に対して示される被害者・沖縄人の「やさしさ」にも目配りがされている。

「神島」という作品において、大城は、沖縄から本土（ヤマト）への二律背反的な、愛憎入り混じる感情を描いただけでなく、沖縄人の「加害者」としての立場を、「カクテル・パーティー」よりもさらに深層に沈潜していくことで把捉しようと試みてもいる。鹿野の言葉を借りれば、一つには「軍夫や慰安婦として」従軍していた「朝鮮人」と島民との関係を問いただすことを通じて、二つには、「生き残り」である普天間全秀や、戦後世代である与那城昭夫が、各々あの「戦争」を沖縄人としてどのように「主体的に」受け止めているのかを示すことを通じて、そして三つには、浜川ヤエの一連の行動に象徴されるように、沖縄人の「宗教意識の角度からみた場合」あの「戦争」とは一体何であったのかを問うことを通じて、大城は沖縄人の加害者性を掘り下げようと試みたのである。

方法論的にみるならば、「神島」という作品は「集団自決」を直接のモチーフとして、沖縄戦あるいはその責任の問題を、沖縄と本土（ヤマト）を軸に、被害と加害、戦争（基地）と平和、愛情と憎悪等々の「葛藤のドラマ」あるいは「対の論理」として認識しようとするものと評価することができるだろう。いわば、「複眼」の視点が創作上の方法として十分に活かされた作品が「神島」

なのである。ところが、その方法に一つの大きな陥穽が待ち構えていた。「神島」は沖縄の（ある意味では日本の）加害者性を総合的に掘り下げようとした野心的な作品であり、一九六八年の時点で、沖縄の加害者性や戦没者慰霊のあり方を問題として切り取ったきわめて先駆的な作品でもある。作品が示している問題への様々な角度からの目配りやその先駆性は驚嘆に値する。しかし、それにもかかわらず、この作品への作者自身の評価、そして読者の評価は、「亀甲墓」や「カクテル・パーティー」と比較すれば、それ程高くはない。なぜ「神島」が高く評価されないのだろうか？　その理由の一つとして、大城がこの作品の中で提示しようとしている問題があまりに複雑で根が深いので、それが「作者の野心的な試みを圧倒してしまった」（岡本恵徳）ということが考えられる。しかし、それ以上に重要なことは、大城が用いている「複眼」という方法が、この作品の中で破綻しているという事実なのである。

岡本は「神島」論の中で以下のように述べている。

……作者の問題に対する視点が、基底で一本に貫かれていなければ、問題の錯綜は、作品のモティーフの混乱をもたらすのみである。この作品（「神島」＝引用者）に、そのような根底を貫く視点があるかということになれば、疑問であるといわざるをえない。作者は、あまりにものわかりが良すぎるのではないか。全てに理解がゆきとどきすぎて、作者の視点は所在を失っているのではあるまいか。……恐らく作者の視点を体現している田港真行の国籍不明の性格づけも、作者の視点の定まらなさからくるものである。この田港真行は、単純な事件の立ち合い人やレポーターではない。従って単純に、狂言廻しの役割だけをになっているのでもない。作者の視点そのものでもあるのだ。ところが、重要な場面でその田港は時々姿をかくしてしまう。そのことがこの作品に一種の混乱を与えているのである。（「大城立裕論」『現代沖縄の文学と思想』沖縄タイムス社、一九八一年、一五二頁）

岡本が指摘していることは、「神島」が、錯綜する現実を描いたものであるという点を割り引いたとしても、結果として作品そのものが錯綜しているということ、そしてその原因は「作者の視点の定まらなさ」にあるということである（実際に、冒頭から物語を導いてきた田港は、途中で唐突に姿を消すのである）。それでは、作者（大城）の視点の定まらなさは何に起因しているのか。それを岡本は、「自己を、他者とのかかわり、その位置とずれと距離を綿密に計算」し、「そしてその計量の結果にもとづいて自己を確かめることが可能であるとする」大城の人間把握の仕方（「位置と関係のエネルギー」）にあるとみている。そして、大城の作品にあらわれる論理が「対」という体裁（例えば加害―被害）をとることも、この人間把握の仕方と密接な関係があることを指摘した上で、岡本は次のように結論する。

認識の方法が、位置とその距離、いわば外的な構造と連関でもって対象を認識するという方法をもつ場合は、その主体はその構造を鳥瞰する位置に身を置かねばならない。……そしてその場合、作者は《対》の論理のどちらにもくみしない。むしろ対立し矛盾するそれらの双方から等距離に身を置き、そうすることで連関と構造に客観性をもたせるのである。……そして、作者はこのようにあらゆる《対》の論理から等距離の位置に自己を設定し、両者を等質のものとしてとらえることによって無限に自由になる。／だが、そこにもうひとつの問題が生じる。作品に展開される論理が自立すればするだけ、作者はその存在を失うという結果に陥るということである。いわばこの世の全てを鳥瞰しうる《神》が抽象そのものであったように。その最も典型的な例を、小説及び戯曲の「神島」にみることができる。この作品で作者の視点を体現し、差別と被差別、本土と日本《マ マ》等のあらゆる《対》の論理を鳥瞰する田港真行が、ほとんどその存在を失っていることがそれである。（岡本恵徳「大城立裕論」『現代沖縄の文学と思想』沖縄タイムス社、一九八一年、一六四―一六五頁）

岡本が指摘する「位置と関係のエネルギー」という大城の人間把握の方法、創作上の技法は、大城自身の言葉に置き換えるなら、まさに「複眼」であろう。「神島」において、大城は「複雑な対象を多面的にみるため」、「複眼」という視点ないしは方法から、対立・矛盾する諸論理を沖縄のもつリアリティとして描き出そうと試みたのであるが、その方法のゆえに逆に視点を喪失してしまうという過ちをおかしてしまったのである。「複眼」とは、そもそも大城立裕という一作家（あるいは沖縄人）のアイデンティティのあり方として示された視点である。その「複眼」という視点が創作上の技法として援用されたところに、この失敗の原点があるのだ。そして、大城に「複眼」を創作上の技法として援用させたものは、やはり大城立裕という作家の立ち位置なのである。

例えば、岡本は一九六〇年代半ば頃の大城の活動を評して、「彼自身の創作活動が一つの転換点にさしかかっていること、更に云えば、彼のかかえている問題が、彼の創作方法では処理しえなくなっている」と述べている。つまり、「自己確認」のためという習作期からの創作の「動機」と、大城の採用する創作の「方法」の間にギャップが生まれ、そのギャップが埋められることのないまま放置されていることを岡本は鋭く見抜いているのだ。しかし、それにもかかわらず、大城個人の「自己確認」、アイデンティティの確保という創作の動機が、そのまま沖縄なるものの追求に結びつき、そして、その成果が沖縄を代表する文学作品として流通する、大城にとって幸運な、あるいは不運な時代は続いた。プロとアマ、オキナワとヤマト、そして「戦前」と「戦後」、各々の交叉する位置に大城立裕という作家は奇跡的に立っていたのである。そして、大城がその位置に奇跡的に立っているという不安定さは、前に指摘した「カクテル・パーティー」の読解をめぐる「断層」や、「神島」における視点の喪失という失敗に表象されているのである。

【注】

（1）この原因を岡本は、「本土との断絶」に認めている。つまり、彼ら「新しい書き手たち」は、先輩たちの「古い文学観と方法」に不満と批判を抱いていたが、「本土」と切り離されたがゆえに、手探りで自らの文学活動を進めなければならず、古いものに変わる新しい文学理論や方法を見いだせずにいたのだという。

（2）また、「逆光のなかで」において、「自分」を連行する車は「占領」を象徴する「白い直線」、「むこう80キロほどほとんど直線に横断歩道をつけず強引に突っ走っている幹線道路」を走っているが、古風な葬式行列が突然右手から出て「われわれの車」を止める場面が描かれている。鹿野はこの場面を「自分」が床下を指差す場面とあわせて以下のように読解している。

祖先から伝えられてきた旧屋敷と、いまやそうして祖先の一人と化した死者という、沖縄の〝永世〟に連なる存在が、占領に立ち向かい、あるいは立ちはだかる状況が設定されたことになる。見方によっては、占領者は現世をこそ軍靴の下に踏みしだいているとはいえ、それは所詮仮の姿にすぎず、〝御元祖〟からの沖縄の根に連なる永遠性はゆるぎないとの、想念の表明であるかもしれなかった。（鹿野政直『戦後沖縄の思想像』朝日新聞社、一九八七年、三二〇頁）

（3）「棒兵隊」という作品が評価できる点をもう一つ挙げるとするならば、それはこの作品の基調に、後の「亀甲墓」において明確にあらわれているような「ユーモア」の片鱗が見受けられる点であろう（わしらア、ボーヘイタイであります……「防衛隊」が「棒兵隊」でしかなかったという哀しいユーモア）。大城は「カクテル・パーティー」出版祝賀会の講演で、文学を「自分自身を含めた日本人あるいは人類に対する客観的なコメントでなければならない」とし、ユーモアとは最も客観的な姿勢が生み出すものであるとの理解を示している。また同時に、大城は、「沖縄の体質」というものを沖縄人自身が描く上での方向性をこのユーモアという点に見いだしてもいる。

（4）本文に引用してある石川達三、丹羽文雄、船橋聖一の「カクテル・パーティー」評はすべて『芥川賞全集（第7巻）』（文藝春秋、一九八二年）所収の「第五七回芥川賞選評」によっている。

（5）岡本の他にも「カクテル・パーティー」への興味深い読解が試みられている。例えば、与那覇恵子は、「カクテル・パーティー」について、「〈沖縄〉を一つの〈内部〉及び〈自己〉とし、〈沖縄〉以外を〈外部〉〈他者〉と見做してその位置関係によって〈沖縄〉を認識する方法」を駆使した作品であるという理解を示した上で、この作品の構造や主人公「お前」のロバート告発の理由を主―従（占領―被占領）のダイナミズムから読解しようと試みている。

（6）さらに付け加えるならば、大城立裕は「戦前」と「戦後」が交叉する位置に立っていたともいえる。「思い切って沖縄のオリジナルな方言に近づけて、しかも読んで分かる」工夫をした東峰夫の「オキナワの少年」

を前にして、「私の姑息な努力が色あせて見えた」と正直に告白する大城。あるいは、「ウチナーヤマトグチが自在に飛び交い」、差別などの被害者図式のみでなく沖縄人内部の自己告発が「喜劇で」説得力をもって描かれている知念正真「人類館」に対して、「『カクテル・パーティー』のイデーをより深化させている」と絶賛する大城。そこには、日本、標準語、被差別意識など、自分が乗り越えようとして苦労した壁を易々と乗り越えてみせた「戦後」世代を羨望と驚愕の眼差しで見つめる「戦前」生まれの作家がいる。

(7) 一九六八年に「新潮」に掲載された小説「神島」は、一九七四年に単行本に収めるにあたって大幅に改稿されており(『神島』日本放送出版協会)、小説の他に同モチーフを扱った戯曲「神島」(初出『テアトロ』一九六九年二月号)を含めて三通りの「神島」が存在する。ここでは、一九七四年の単行本版「神島」を用いて議論を展開している。なぜなら、一つには「新潮」版よりも単行本版の方がより完成度が高いと思われること、また、二つには、戯曲版の方は、岡本の言葉を借りるなら、「加害者責任の問題が前面に打ち出され、作品として整理されたすっきりしたものにしあがって」いる反面、「神島」という作品が内包する「多様で複雑な意味が印象に残らなくなり、問題の持つ重みを伝える力が弱くなっている」(岡本恵徳)からである。

**【参考文献】**


新川明、二〇〇〇年、『沖縄・統合と反逆』筑摩書房

鹿野政直、一九八七年、『戦後沖縄の思想像』朝日新聞社

仲程昌徳、一九八二年、『沖縄の戦記』朝日新聞社

岡本恵徳、一九六六年、「苦悶の肖像」『琉大文学』第三巻第七号(一九八一年、「大城立裕論」『現代沖縄の文学と思想』沖縄タイムス社に収載)

岡本恵徳、一九六八年、「『神島』を読んで」『沖縄タイムス』、一九六八年五月一六日〜一八日（一九八一年、「大城立裕論」『現代沖縄の文学と思想』沖縄タイムス社に収載）
岡本恵徳、一九六九年、「戦後沖縄文学の一視点」『沖縄文化』第二九号（一九八一年、「大城立裕論」『現代沖縄の文学と思想』沖縄タイムス社に収載）
岡本恵徳、一九七八年、「大城立裕の文学と思想――『琉大文学』との関わりの中で――」『青い海』第六九号
岡本恵徳、一九八六年、「『カクテル・パーティー』の構造」法政大学沖縄文化研究所紀要『沖縄文化研究』一二号（二〇〇〇年、『沖縄文学の情景』ニライ社に収載）
岡本恵徳・大城立裕他、一九七七年「戦後沖縄文学の出発――その思想と状況――」『新沖縄文学』第三五号
岡本恵徳、一九九六年、『現代文学にみる沖縄の自画像』高文研
大野隆之、一九九九年、「大城立裕――内包される異文化――」沖縄国際大学公開講座委員会編『異文化接触と変容（沖縄国際大学公開講座8）』編集工房東洋企画
大城立裕、一九五六年、「体罰の意味するもの――主体性教育との関連において――」『琉球新報』一九五六年五月一一日（一九八〇年、『私の教育論』若夏社に収載）
大城立裕、一九六五年、「複眼」演劇集団〈創造〉『島』上演パンフレット（一九八〇年、『私の教育論』若夏社に収載）
大城立裕他、一九六六年、「戦争が契機に【私の文学風景】」『新沖縄文学』第三号
大城立裕、一九六八年、「私の作品――出版祝賀会の講演から――」『新沖縄文学』第八号
大城立裕、一九六九年、「私のなかの神島」劇団青俳「神島」講演パンフレット（一九七七年、『沖縄、晴れた日に』家の光協会に収載）

大城立裕、一九七〇年、「沖縄で日本人になること」谷川健一編『叢書わが沖縄（第一巻）』木耳社
大城立裕、一九七六年、「沖縄で日本語の小説を書くということ」『琉球新報』六月九日〜一六日（一九七七年、『沖縄、晴れた日に』家の光協会に収載）
大城立裕、一九七八、「年譜（試案）」『青い海』第六九号
大城立裕、一九八五、「沖縄文学の可能性」『国語通信』第二七七号
大城立裕、一九九七年、『光源を求めて（戦後50年と私）』沖縄タイムス社
大城立裕、二〇〇二年、「動く時間と動かない時間（著者のおぼえがき9）」『大城立裕全集（九）』勉誠出版
太田良博・大城立裕・新川明・池田和、一九五六年、「出発に際して」『沖縄文学』創刊号
武山梅乗、二〇〇四年、「主体性をめぐる闘い――戦後〈沖縄文学〉におけるコンヴェンションの「不在」と代替としての自己準拠――」『駒澤社会学研究』第三六号
与那覇恵子、二〇〇一年、「屈折する他者性――大城立裕『カクテル・パーティー』を中心に――」ヒラリア・ゴスマン、アンドレアス・ムガラ編“11.Deutschsprachiger Japanologentag in Trier 1999”Hamburg LIT-Verlag,PP.483-92

# 第Ⅱ章 〈沖縄〉と自己のはざまで――大城立裕と二つの戦争

## 1. 大城立裕と沖縄戦

沖縄で創作活動を行う作家たちにとって、沖縄戦は決して避けて通ることのできない創作上のテーマであるといえよう。沖縄に初の芥川賞をもたらした、戦後沖縄を代表する作家・大城立裕にとっても同じことがいえる。「〈沖縄〉と自己のはざまで」と名づけたこの論考では、まず大城が初めて沖縄戦を真正面から取り上げた「日の果てから」の読解によって、彼が沖縄戦を描くことを通じて何を企図したのか、また何が描ききれなかったのかを明らかにする。さらに、その上で、大城のアイデンティティをことごとく剝奪してしまった日中戦争、大城にとってもう一つの戦争が、彼の一連の創作活動においてどのような意義をもつのかを「朝、上海に立ちつくす――小説　東亜同文書院」というテクストによって検討し、作家・大城立裕のもう一つの可能性を示してみたい(1)。

大城立裕は一九九三年『日の果てから』を新潮社から刊行する。「日の果てから」は、放火の罪によって沖縄刑務所の受刑者となった神屋仁松、仁松の母であるカマド、妻のヒデなど神女殿内《のろどんち》の家柄である神屋家の面々、神屋家のある中城村安木の出身で辻のジュリ（遊女）である新原《にいばる》初子を中心とする人々が、沖縄戦の末期、アメリカ軍の上陸によって、壕から壕へ、そして、南部島尻へと逃げ惑う姿を、物語の全編を通じて貫かれる社会秩序の徹底的な破壊及びエピローグにおける再生というダイナミックな展開の中で描ききった作品である。「日の果てから」は沖縄戦それ自体を主題とした最初の大城作品であるといってよい。ここで一つの疑問が浮上してくる。大城は多作な作家として知られている。その習作期から現在に至るまで、大城は沖縄を題材にとったありとあらゆるテーマの作品を書き続けている。その大城が一九九三年になるまで沖縄戦を主題とした作品を書いていないというのは意外な感じがするだろう。「カクテル・パーティー」による一九六七年の芥川賞受賞後に、「沖縄で小説を書くからには、一度は沖縄戦を書かなければなるまい」と考えた大城が、沖縄戦を真正面からとらえることができるまでに、なぜこれほどの時間を必要としたのであろうか。

もちろんそれ以前の大城作品でも沖縄戦は度々描かれてはいる。例えば大城の中央文壇デビュー作である「棒兵隊」（一九五八年）では、沖縄の民間人から編成された郷土防衛隊が日本軍からスパイ視され、いくつもの壕を追い出され艦砲弾の雨にさらされた挙句の果てに、友軍であるはずのヤマト兵から射殺されてしまう悲惨がユーモラスな文体で書かれている。また、「亀甲墓」（一九六六年）では、戦場と化し、艦砲が「ドロロン」と鳴る村を舞台に、伝統的な亀甲墓に避難した善徳、ウシ一家の沖縄的な死生観（米須興文によれば「沖縄的サガ」）がひたすら描かれている。また、沖縄戦そのものが扱われている作品ではないが、集団自決をテーマに、沖縄戦における責任の問題を沖縄とヤマト、被害と加害という「対の論理」によってとらえようとした作品に小説「神島」（一九六八年）がある。

しかし、これらの作品において、沖縄戦は、対日違和や沖縄の神話的空間、あるいは沖縄の戦争責任といった他の主題の背景であるにすぎない。芥川賞受賞後に「一度は沖縄戦を書かなければ」と考えた大城は、以上の作品によって「沖縄戦を書いた」などとは決して思っていなかったのである。

大城は『日の果てから』のあとがきで述べている。沖縄の戦争について書かれた作品は、フィクションとノンフィクションをあわせて数多くあるので、自分が書くだけの意味、すなわち「独自の視点」をもつ必要があるのだと。大城がたどり着いたその独自の視点の一つが、「沖縄戦の特質は物理的な破壊のみでなく、社会秩序を根本から破壊し、……それは文化の変貌にまで及」ぶという理解である。そして、もう一つの視点が、「戦争は終点のようなものでありながら、そこから蘇る結節点なのだ」という着想である。大城はこの二つの視点をもって沖縄戦の意義を真正面から問おうとしたのである。

## 2. 秩序の破壊 ——伝統的秩序の破壊、近代的秩序の解体——

## （1）伝統的秩序の破壊

沖縄戦は社会秩序を根本から破壊したのだと大城はいうが、「日の果てから」において、社会秩序は二重の意味で破壊されている。一つには、沖縄戦は沖縄の伝統的な秩序を徹底的に破壊する。七代続いた神女殿内の家柄である神屋家は、戦争によってその権威に大きな傷がつけられる。そもそも仁松が刑務所に入るきっかけとなったのは、御嶽と神屋家の墓につづく三百坪の畑を、カマドや仁松に断ることなく軍に売ってしまった区長の真敷金中の山羊小屋への放火の罪をとわれてのことである。風水的に御嶽と墓を守っていたハギの三百坪は、戦争という理由によって強制的に国家に買い上げられてしまい、さらに軍は御嶽と神屋家の墓の下に壕を掘る。シマの神のまします御嶽やウグヮンス（先祖）が落ち着くべき土地を「穿して兵隊が入るというのは、いかにも落ち着きがわるい」という理由から、カマドら神屋家の一家は壕から壕をめぐる悲惨な逃避行を開始し、そしてたどり着いた最後の壕（具志頭村ターラガマ）で米兵の火炎放射器によって焼き殺される運命を与えられるのである。

首里の名門の血筋を引く看護婦・高平良美智は、軍医の「戦争という奴は厄介だよな。名門も糞もないからな」という言葉に深く傷つく。美智は陸軍病院から離脱した後、国頭へ向かう途上で米兵に陵辱されかけたところ自ら手榴弾で爆死してしまう。美智の権威の源であり、「沖縄の人すべてが崇めている」尚家の屋敷「中城御殿」は、受刑者たちによって徴発の対象にされてしまう。そのように、沖縄戦は伝統的な秩序を徹底して破壊するのである。

## （2）近代的な秩序の解体

伝統的な秩序を破壊する一方で、この近代戦たる沖縄戦は、同じく近代社会が生み出した諸々の秩序をも解体していく。刑務所とは規律調教型の権力が発動されるきわめて近代的な施設である。仁松が収容されている沖縄刑務所所長代理・徳宮健三は「刑務所の任務とはなにか。その組織を維持し、受刑者の束をはずさないことだ」と考える。しかし、沖縄刑務所は激しくなる米軍の砲撃、空爆によって、壕から壕への絶えざる移動を強いられ、秩序を厳正に守る努力は続けられるものの、受刑者への制約は少しずつ緩んでゆく。「徴発」という名の下に盗みが認められるようになり、「刑務所はもはや無いにひとしい」ことを自覚した徳宮はついに集合場所を「一応」高嶺村の南山城址とだけ決めた刑務所の一時解散、しかも集合時期を定めない一時解散を決断する。一時解散後も、仁松ら文書班の面々に収容者身分帳などの刑務所文書を「格護」する任務が与えられるなどして、秩序を守る努力は続けられるものの、やがてたどり着いた南部の御嶽で身分帳は焼かれてしまう。

「日の果てから」ではまた、もう一つの近代的施設の典型である病院においても秩序が解体してゆく様が描かれている。戦時下にあって「医者も看護婦も正規の要員だけでは間にあわず、沖縄じゅうのすべての町医者を軍医にし、女学生を看護婦にした」例に漏れず、南風原陸軍病院に毎日数え切れないほど運び込まれてくる負傷兵に外科手術を施す堀子軍医大尉の専門は産婦人科であり、女学生とともに看護婦の仕事をする新原初子の前身は辻遊郭のジュリである。また、初子との邂逅により、民間人であるヒデは軍人軍属しか扱わないはずの陸軍病院で仁松の子を出産する。

そのように沖縄戦は伝統的秩序と近代的秩序を双方ともに破壊してゆくのであるが、高平良美智のなかでは、その二つの秩序が同時に破壊されている。首里の名門の血を引き、そのような存在であることを矜持とする美智であるが、その一方で、女学校出で県立病院の看護婦でもある美智は（とりわけ初子との関係において）近代的秩序の守護者の役割を担わせられている。美智は、沖縄の前近代性を表象するような初子の存在（ジュリとしての前身、ほとんど文字を解さないこと）や「シマの論理」に反感をおぼえ、初子に対してつらくあたる。

「ヌーンチ　アンスカナー　シチキミセーガタイ?（どうしてそんなに苛めるのですか）」／「標準語で言いなさい！」／戦争準備がはじまってから、県下に標準語励行の嵐が吹きまくっている。文化、教育行政のテーマはそれ一本にしぼられたといってよい。美智が女学校に通っていた頃に、それはいよいよはげしくなった。学校では沖縄方言を喋ると厳罰が課される。誰にとっても辛いことであった。それを初子に面当てした。／「アンシ　イーユーサビランムンヌタイ（だって、言えませんもの）」／おっとりとしたその口振りに、そばにいた女学生たちが笑いをこらえた。その表情が、腹を空かした表情とまぎらわしかった。（『日の果てから』講談社文芸文庫、一五六頁）

高平良美智は堀子軍医によって自らの権威の拠りどころとして恃む伝統的秩序を否定され（戦争という奴は厄介だよな。名門も糞もないからな）、また、最後には自ら陸軍病院を離脱することによって近代的秩序を放棄する存在、すなわち、秩序がそのなかで二重に破壊されている存在として描かれているのである。

## 3. 沖縄的サガの生命力

「日の果てから」では、沖縄戦による伝統的秩序の徹底的破壊が描かれているが、それは沖縄的なもの一切を破壊しつくすというわけではない。前近代から脈々と受け継がれる「沖縄的サガ」は驚くべき生命力をもって、近代的な論理と、そしてすべての社会秩序を破壊する戦争と対峙する。「日の果てから」においても、大城がこれまで問題にしてきた沖縄的サガの生命力がありありと描かれている。(2)

「日の果てから」において表象されている沖縄的サガの代表は、神女殿内である神屋家の神女であるカマドの存在である。戦火を避けて他家の亀甲墓の中に入る際のカマドの呟きは、「亀甲墓」におけるウシの呟きがそうであるように、オキナワの死生観を表明するものである。

「新後生《みいぐしょう》を見守れば……」／カマドが闇の中で呟く。その意味をヒデは察して頷く。／墓の中には厨子甕《ずしがめ》がある。みなウガワンス（ご先祖）の骨が入っていて、つまり霊の家である。二日前まで自分の先祖に守られていたが、こんどはよその家の先祖に頼ろうとしている。頼る以上は古後生《ふるぐしょう》も新後生も守れば、自分も守られることだ。……「他人の新後生でも守れば、自分も守られることだ」
（『日の果てから』講談社文芸文庫、一二一―一二三頁）

また、カマドのズレた発言は、殺伐とした戦場の風景にある種の諧謔をそえるものになってもいる。

「ここの山羊は逃げたのかねえ?」／カマドの関心は、ときたま飛躍する。……「よその家の山羊が逃げてきてもよさそうなものだがねえ」／ヒデは、この言葉の意味を解しかねたが、しばらくして理解したことは、折角の山羊小屋だから、よその家の山羊が迷いこんでも不思議はない、そのように迷いこんできたら、捕まえて食えばよい、という意味であった。(『日の果てから』講談社文芸文庫、一四二―一四三頁)

さらに、「この人たち、私のシマの人たちです」からと、軍人しか扱わない陸軍病院でヒデの分娩を請う初子の論理は、美智の主張する近代的な論理と抵触するが、初子はそのシマの論理を押し切ることで、ヒデは無事子どもを産むことができ、その出産の光景は戦闘に疲れ果てた負傷兵たちを感動させるのである。

## 4. ヤマトとの関係

大城は「日の果てから」以前における沖縄戦を題材にした一連の作品で、ヤマト(日本、本土)を専ら「加害者」として描いてきた。例えば、先にふれた「棒兵隊」では、沖縄人からなる郷土防衛隊をスパイ視し、安全な壕から艦砲弾飛び交う外へと追いやる加害者、あるいは、友軍でありながら防衛隊員を射殺してしまう加害者としてヤマト兵が描かれている。また、「神島」では、軍令の下、島民に集団自決を命じた加害者、罪のない島民を連れ出して殺害した加害者としてのヤマト兵が描かれている。

この沖縄戦における加害者としてのヤマトという位置づけは「日の果てから」でも基本的には変わることがない。壕から壕へと渡り歩く神屋家一行に、たどり着く先々で追い出しをかけたり邪険に扱ったりするのはヤマト兵であるし、また、タ―ラガマで三線を弾いて浜千鳥節を唄っていた田平竹男から三線を取り上げ、これを徹底的に壊してみせたのもヤマト兵である。

しかし、「日の果てから」では、加害者としてのヤマト兵だけが描かれているのではない。そこでは沖縄人の反撃に一言も発することのできない弱いヤマト兵も描かれている。仁松と同じく刑務所の受刑者である田平は医者を探して来いと命じるヤマト兵に対して、「ここまで連れてきてやっただけでもありがたいと思え」「グジャグジャ言ったら、叩っ殺すぞ」と気色ばんでみせ、ヤマト兵を沈黙させる。田平は目尻をさげて相棒の与佐彦太郎にささやく、「ヤマトンチュは、はじめから嚇かしておかんとな」と。

また、「日の果てから」では、これまで一方的に加害者であったヤマト兵の被害者としての立場が揶い上げられてもいる。田平の三線を叩き壊したヤマト兵は言う。「手前ら。沖縄の人間だけで気分を作るのか。楽しむのか」と。

「なにを！」／田平は男の顎に一発をかませた。／男はすこしよろめき、いかにも効いたという風に顔をしかめて顎を手でなでると、／「きさまら沖縄の人間は勝手だよな。俺たちはこんな言葉も歌も分からん所へ来て、こんな目に遭って。なのに、お前たちは自分で慰んで。俺たちの辛さ、

寂しさが分かるか」／語尾に泣き声がまじった。（『日の果てから』講談社文芸文庫、二二〇頁）

## 5．沖縄戦と蘇り

仁松をのぞく神屋家の人々や高平良美智にとって、沖縄戦とは自らの存在の拠りどころとなる秩序を徹底的に破壊してしまうものであった。一方、辻のジュリであった初子にとって、沖縄戦とはしがらみから解き放たれ、蘇りの契機となるものに他ならなかった。一九四四年一〇月一〇日の那覇市大空襲（一〇・一〇空襲）で辻の遊郭が丸焼けになり「遊郭と遊女との契約は無効」になる。アンマー（抱え親）であるオミトの配慮によって軍司令部に送られた初子は、軍医大尉付となり、壕内に移動した南風原陸軍病院で看護婦の仕事をさせられる。首里の名門出身である高平良看護婦に疎まれ、同僚の女学生たちに馴染めないながらも、初子の辻で磨き上げられた色艶は壕内でひときわ異彩を放ち、無学であるがゆえの素朴さは殺伐とした野戦病院を明るくする。

ある日、同じ部落の神女殿内の家柄である神屋家の一行と巡り会った初子は、ヒデの出産を見届けるが、陸軍病院が島尻に撤退するに及んでその撤退行軍から落伍し、偶然オミト・アンマーに出会うことになる。アンマーは七人のジュリ子を連れて、南山城址の近くにある生まれジマに向かう途中であり、初子もその一行に加わる。その途上、アンマーはジュリ子たちに向かって言う。「南山城址があって、じつはそのそばに嘉手志井《かでしがー》という泉井戸がある。昔から霊力《せじ》の高い清い井戸だから、そこでこの汚れきった体を洗おうよ」と。初子はその無限に湧き出る泉の水でジュリという境涯、「汚穢の世界」から脱けようとしたのである。
また、神屋仁松にとっても沖縄戦は蘇りのきっかけとなるものであった。しかし、仁松の蘇りの過程は初子のそれよりやや複雑である。仁松は戦争によって図らずも放火犯になってしまうのであるが、同じ戦争によって放火犯の身分から解放されもするのである。沖縄刑務所が一時解散を決定した時、仁松に与えられたのは、収容者身分帳などの刑務所文書を「格護」する文書班としての任務であったが、結局、収容者身分帳は山の上の御嶽で焼かれてしまう。

帳簿が燃えつきるのに一時間かかった。黒い灰が残って、それを足で蹴飛ばした石木が笑った。これまでの石木に見たこともないような、さわやかな笑顔であった。／が、そのとき仁松は、自分のなかから何かが脱け落ちたように思った。思えば入獄いらい、この身分帳の中身と戦ってきたのだという気がする。それがいますべて灰になってしまったと知れば、その闘いから解放されたという喜びよりも、この数ヶ月の生活が何のためのものであったかという、疑いがきざしたのである。いま生き甲斐を回復したのか、失ったのか……。（『日の果てから』講談社文芸文庫、二五七頁）

受刑者としての身分からの解放という仁松にとっての蘇りは、大きな代償をともなうものであった。仁松は喜屋武岬で初子とともに米軍の捕虜となり、それから五ヶ月目に中城村安木に帰還する。母カマド、妻ヒデや子どもたちがターラガマで火炎放射に焼かれたことを知らされ、伯母であるナベに「お前のかわりにお母は死んだと思わんといかんよ」と言われた仁松は自分を責める。

身分帳を焼いて、自分たちの受刑者としての身分の証拠を消したから、自分が生き延びたのだという気もする。しかし、そのかわりに自分のすべてを知っているカマドやヒデや子供たちが死んだことになるのかもしれない、と思い及ぶと、国と自分と郷里《しま》の人の、誰のことを恨み、あるいは悔やめばよいのかと、やり切れない思いが胸を責めた。(『日の果てから』講談社文芸文庫、二九一―二九二頁)

刑期も明けない刑務所帰りではあるが、働きざかりで唯一生き残っている仁松を区長にしようという動議がシマの人たちの間から出る。また、ナベからは、神女殿内の当主である以上、初子を妻にして神女の跡目についてもらい、安木の人たちの霊魂を救うために祭りをおこす必要があるのではないかという提言を受ける。「仁松は初子ほどには生まれ変わった気持ちにひたれない」のであるが、「それぞれの場所で新しい日々に、あらためて神様の加護を受けたいものだ」、「……どんな形でどんな時代を迎えるのか分からないが、刑務所にあるいは辻に戻っても戻らなくても、神様に見守られる時代になればよい」と思い、蘇りへの予感を感じる。

初子は霊力《せじ》の高い清い井戸での水浴で蘇りを経験する。また、仁松は初子とともに神様への祭りをあらためておこすことで蘇りの予感をえる。沖縄戦は、沖縄社会における新旧の秩序をことごとく破壊するが、生き残った人々は沖縄的サガを種にして、そこから蘇りを試みるのである。そのようにして大城は「戦争は終点のようなものでありながら、そこから蘇る結節点なのだ」という着想を「日の果てから」のなかで活かすのである(3)。

## 6. もう一つの戦争――『朝、上海に立ちつくす――小説　東亜同文書院』――

一九七三年に書き下ろされた『沖縄――「風土とこころ」への旅――』のなかで大城はいう。

　いくたりかの戦争追憶談を聞いた。私の父も母も、私や兄の留守ちゅうに、二人で南部まで逃げのびながら、生き残った者のうちである。その語りは、幾度聞いても新しい発見のようなものをおぼえる。そして、戦争の話だけは、どの人の話を聞いても聞き飽きることなく、新しい感動と発見をともなう。たぶん神話というものがそういうものなのであろうが、おそらく沖縄の住民にとって、戦争体験というものは、新しい世紀のための神話となるのではないか、ということがそこから想定される。沖縄の人間にとって、戦争体験というものが戦後精神の原点をなす、とよくいわれる。……とはいえ、この戦争体験を私が完全に追体験なしえているかというと、それはまったく困難なことだ。戦争体験には意外性があまりにも多すぎる。われわれの日常からみては、いかに作家的想像力を駆使しようとも、とうてい及びえないような、神秘、人間の深遠が、そこには見られる。それだけに、体験者がすでに日常性に戻ってしまったあとで語るにも、いくら表現をつくしても真実には迫りえない、ということがあるようである。（『沖縄――「風土とこころ」への旅――』社会思想社（現代教養文庫）、一九七三年、三〇頁）

作家的想像力を駆使しようとしても戦争の真実には迫りえないことを自覚していた大城は、他の人たちがすでに書いている戦争の「酷い」話ではなく、秩序の崩壊による身分関係の立て直しと蘇りという別の角度から沖縄戦を書こうとした。「日の果てから」は、沖縄戦を題材にしたそれまでの大城作品の集大成であり、また、「沖縄の人間」にとって沖縄戦がどのような意味をもっていたのかということを、主に文化面から掘り下げてとらえようとした非常に完成度の高い作品であるといえる。

しかし、大城は、沖縄戦を書かねばならないという沖縄作家の使命感と戦争体験を完全に追体験できないこととの間のギャップを「日の果てから」で埋めることができたのだろうか。あるいは、この作品によって自らの戦争を書き切ったといえるのだろうか。答えは否である。なぜならば、「鉄の暴風」が沖縄島を席巻した時分に大城は沖縄不在であり、上海において沖縄戦とはまったく趣の異なる戦争に直面していたからである。大城が語るべき、表現をつくすべきもう一つの戦争、自らの戦争は、むしろ一九八三年の「朝、上海に立ちつくす」という作品に形象化されている。

「朝、上海に立ちつくす」は、欧米の侵略から中国を守る「東洋の志士」を養成すべく明治三四(一九〇一)年に根津一らによって上海に創設された「幻の名門校」東亜同文書院大学の学生で沖縄出身の知名雅行を主人公とし、その出自が様々である「書院生」たちの日中の掛け橋たらんとする無邪気な志とその挫折を描いた「青春小説」であるといえる。[4] この作品では、大城が実際に東亜同文書院で学んでいた一九四三年から四五年頃の上海、表面上は平和であるが、日本人に対するテロが頻発する「孤立した最前線」としての上海が描かれている。

「君は……」／知名は梶原に訊いた。「上海へ来るとき、上海の近くでまだ戦争があることを予想していたか」／「全然。だって、重慶まで攻めいっているし、まもなく戦争は終わると思っていた。内地の新聞記事はいい加減だよ」……「ここはまだ戦地なのだな、ということを映画館にはいって考えるというのも、変なものではあるね」／あんな光景は、内地では思いも及ばなかった、と知名はあらためて思う。映画館で場内が暗くなると、まずスクリーンに映るのは、映画のタイトルではなく、上海領事館警察署の公告だ。「座席の下をおあらため下さい。何かありませんか」とたんに観客は起ちあがり、バタバタと音をたてて座席をはねあげる。木戸では手荷物を館内に持ちこむことを許さない。しかし、そのような監視の眼にかくれて時限爆弾はときたま成功する。（『朝、上海に立ちつくす――小説　東亜同文書院』講談社、一六一―一七頁）

上海から一歩外に踏み出せば、そこには中共や新四軍が支配下とする「接敵地区」が広がっている。揚州の情報機関に翻訳要員として動員された知名は、ある日、情報機関の雇員である稲見に城外の見学に連れ出される。広大な秋の野面を前にして、台湾出身の書院生である梁は稲見に問う「どのあたりから、新四軍の地区ですか」と。それに対して稲見は答える。「みんなそうだと思ったほうがよい……」「はやい話が揚州の城内だってそうや」と。「朝、上海に立ちつくす」で大城が描いたのは、「日の果てから」で描いたような、戦線の移動とともに殺戮劇が展開するパノラマ的な戦争ではなく、戦線がみえず、誰が敵で誰が味方なのかも定かではないが、確かにそこにある不気味な影のような戦争なのである。

## 7. 立ちつくす〈私〉——戦争と私、書院、そして日本——

「書かれた筋書きは私の青春の影絵である」とあとがきで述べているように、「朝、上海に立ちつくす」は大城の実体験と重なる部分が多い。年譜によれば、大城は一九四三年に沖縄県費派遣生として東亜同文書院大学予科へ入学し、上海に渡る。中国語の学習に苦労しつつも、一九四四年九月に予科修了、学部へと入学するが、間もなく勤労動員で第一三軍参謀部情報室蘇北機関（揚州）に五ヶ月勤務し、中共資料の翻訳に従事する。一九四五年三月に独立歩兵第一一三大隊に入営し、蘇州、丹陽、鎮江を移動しつつ訓練を受け、幹部候補生に合格する。同年八月一五日、幹候教育が始まった日に敗戦を迎えて除隊し、上海で軍需品接収のための通訳に従事する。一九四六年二月より日本人租界で在留邦人の自治の事務を務め、四月に民間人として引き揚げる。「朝、上海に立ちつくす」は、知名ら書院の学生が陸軍の徴発に駆り出される場面から始まるが、主人公である知名が物語のなかで描く軌跡は、書院での中国語習得に苦労する学生生活、揚州機関における翻訳業務の従事、敗戦後の軍需品接収のための通訳業務と、おおむね大城自身の経歴と正確に重なりあっている。

しかし、「朝、上海に立ちつくす」では五ヶ月の軍隊生活についてほとんどふれられてはいない。ただ、次のような記述がみられるのみである。

五ヶ月間の軍隊生活であった。蘇州での幹部候補生の集合教育がはじまったのが八月十五日の朝で、三時間だけ教育を受けたら正午近くに敗戦を知らされた。候補生の誰もが唖然としたが、泣く者はいなかった。むしろ嬉々としていた。解放感が大きかったのだろう。匍匐《ほふく》では重慶まで行けないと思ったよと、誰かが頓狂な言い方をして大笑いしたこともある。演習で匍匐前進ばかりやらされたから、地面を舐めるような姿勢のせいで、気持ちまで地中に滅入っていたのかも知れない。現地除隊を希望する者は申し出よといわれたとき、現地入営した者の誰もが申し出たようだ。軍隊に居残ったまま内地へ復員してもよいが、やはり軍隊からは一日も早く離れたかった。（『朝、上海に立ちつくす——小説　東亜同文書院』講談社、一八五頁）

いつもなら自らの経験を多弁なまでに作品に織り込む大城が、なぜ軍隊生活に限ってはこれほどまでに寡黙なのであろうか。一つには、五ヶ月の軍隊生活がもっぱら初年兵としての訓練期間にあてられており、大城らは実際の戦闘には参加していなかった、つまり軍隊生活について書くべきことがないということが考えられる。また、「軍隊にはいって……私は生来の体力の貧しさと不器用さから、いつもヘマばかりやっていた」「五ヶ月だけ兵隊にいって、いじめられてばかりいるうちに敗戦になった」などの回顧談から推測されるように、大城にとって軍隊生活は思い出すのに必ずしも心地よいものではなかったという点も指摘できるだろう。

しかし、「朝、上海に立ちつくす」で戦争や軍隊生活を正面から描かないことが、逆に大城にとって戦争とは何であったのかを如実に物語っているともいえる。「朝、上海に立ちつくす」の知名が（そして大城が）戦争に関わったのは、その大部分が「書院生」としてである。欧米の侵略から中国を救う指導者、「東洋の志士」を養成することを建学の旨とする書院の学生は、「都道府県の派遣生が半数以上を占め……これらはみな、選ばれた者の自負心をもっている」という。しかし、その反面、書院の学生たちはわれ知らず「中国の敵」としての位置に置かれることでそのことへの羞恥に苛まれることになる。書院の学生たちが中国の敵となるのは、贋の兵隊、勤労動員、そして最後には（訓練兵としてではあるが）本当の兵隊として中国との戦争に参加することを通じてである。先にもふれたように、「朝、上海に立ちつくす」は、知名ら書院の学生たちが兵隊に化けさせられ、「軍米収買行」という名の徴発に駆り出される場面から始まる。知名らの姿は「略帽、軍服、軍靴、そして軍服の襟には真紅の台座に黄色い星が一つ、羞ずかしげにだがまぎれもなくついていて、陸軍二等兵に違いなかった」し、また、「三八式歩兵銃を担い、腰に締めた帯革には、実弾が三盒、百六十発も装着され」ており、知名はそんな「贋の兵隊」としての自分の姿に羞恥をおぼえ、「自分は何も分からない……この武器は誰を殺すためのものなのか」と自問する。そして農家の藁束から隠されていた米俵が発見されたとき、知名は、中国人農民の胸の前に「おもわず銃剣を……突きだした」のである。

また、彼ら書院の学生の言動は、中国人に対する差別の感情を露骨にあらわしもする。そのことによってもまた彼らは「中国の敵」であるといえる。「選ばれた者」としての目線から、「ツンコ」や「チャンコロ」といった中国人に対する蔑称が書院生の口からは自然に漏れ出す。

僕はね、と織田が帰りの電車の中で知名に言った。「東京府費生の口頭試問で、東京府の役人らしい人に質問された。お前、チャンコロが殺せるか。するとは僕は大きな声で答えた。殺せます！……」（『朝、上海に立ちつくす――小説　東亜同文書院』講談社、一六三頁）

また、知名は「揩油《カハーユー》という面白い上海語を使ってみたかったにすぎない」というきわめて身勝手な理由で中国人の車掌に「今朝、揩幾斤油（今朝はいくらごまかした）？」と問い、車掌を激昂させてしまう[5]。書院生たちの中国人に対する軽蔑は、無意識のなかに閉じこめられてしまうのではなく、直ちに彼らの中にはっきりとした羞恥心を芽生えさせる。例えば、知名の親友で書院生の一人である織田は上の引用部分に続けて「同文書院に受かりたいために、チャンコロを殺せますと叫ぶのは、皮肉には違いないね」と述べる。また、知名は羞恥心から「揩油《カハーユー》」の一件を誰にも語ることができず、そのことが知名の心の奥底で澱のように淀み続けることになる。

　知名にとって、そして大城にとって、戦争とは何だったのだろうかという問いに立ち返ると、それは大城が「日の果てから」で描いたような沖縄人にとっての現実としての戦争ではなく、そこで大城という自我が形成された理念としての戦争ではなかったろうか。「朝、上海に立ちつくす」のなかで、朝鮮人である金井恒明は、民族的なアイデンティティに目覚め、「日本人」として中国との協和提携をはかるという書院の理念の欺瞞に気づき、もう二度と上海に戻らないという決意をする。しかし、結局金井は書院の寮生活に魅かれ一度は上海に戻ってくるのである。

　「寮生活？」／「それも、ただのんびりした学生生活というより、この自由な生活なんだ」／「家から解放される……？」／「家からではない、朝鮮からだ」／「朝鮮から？」／「朝鮮には多くの日本人がいる。彼らの支配する朝鮮を、朝鮮にいると厭というほど見せつけられる。そうすると、書院の日本人が懐かしくなる」／「書院では平等だからという意味か」／「そうかもしれない。あるいは書院では無責任でいられるということかな」／「無責任というのは面白い」／学生とは本来無責任なものには違いない。だから平等が成り立つのだろう。（『朝、上海に立ちつくす――小説　東亜同文書院』講談社、一五三頁）

金井や知名が気づいたように、選ばれた者としての「無責任」さのゆえに、書院生たちは中国の救済者としての立ち位置を確保したまま中国人を軽蔑することを、また、内地と朝鮮、台湾といった「植民地」出身の学生達の平等を撞着することなく実現した。しかし、戦争は否応なしにその立ち位置の矛盾を暴露していく。東亜「同文」書院の建学理念と書院生たちの中国人に対する視線の齟齬、知名ら「日本人」学生と朝鮮・台湾出身の学生の戦争や中国への姿勢の違いが銃の暴発事件や徴兵検査、台湾出身の梁の逃亡などを通じて次第に明確な輪郭をあらわすようになる。知名は最後に范景光に問う「東亜同文書院は君たち中国人にとって何であったのか」と。それに対して范がはっきりと答える、「東亜同文書院は中国の敵だ」と。そして、知名は朝の黄浦江に「立ちつくす」自身を確認するのである。

大城は「朝、上海に立ちつくす」のあとがきで、以下のように述べている。

日本にとって、また中国にとって東亜同文書院とは何であったか。私にとって何であったか。また彼にとって私は何であったか――十余年ぼんやりと考えつづけたあげく、日本と中国の結びつきかた、さらには他国に学校を作るとはどういうことかと、しだいに普遍的なところへ思い及んだ末に、この作品は書かれた。／書かれた筋書きは私の青春の影絵である。事実と虚構とを腑分けして言い訳にする必要はあるまいと思う。その虚実をつらぬいて培りだされた私の悔いや誇りや甘えが、日本のそれとあるいは重なっているかもしれないと、わずかに自負するときのみ、この作品が読まれる意味はあるのだろう。（『朝、上海に立ちつくす――小説　東亜同文書院』講談社、二六〇―二六一頁）

すなわち、大城は「朝、上海に立ちつくす」という小説で、同心円状に位置づけられる私―東亜同文書院―日本という主体が中国にとって何であったのか確認しようとしたと述べているのである。書院の中国における歩みは、中国において近代日本が歩んだ道と軌を一にすると評価されている。だとすれば、中国にとって書院とは何であったのかを問うことは、そのまま、中国にとって日本とは何であったのか、中国にとって私（大城）とは何であったのかを問うことにもなる。そもそも大城が創作を始めるきっかけとなったのは、日中戦争とその敗戦によって大陸で「日支提携」のために働くという志が失われてからであるという。大城が処女作「明雲」から「老翁記」あたりまでの初期作品を書くモチーフは自己確認であるといえる。そういう意味で、この「朝、上海に立ちつくす」は、「日の果てから」のように、沖縄なるものを問う大城の一連の作品群に位置づけられるのではなく、自己確認やアイデンティティの回復をモチーフとする初期作品の系譜に連なるものであるといえる。そして、大城が、私、同文書院、日本が中国にとって何であったのかを問う場合に、私―東亜同文書院―日本の同心円状の一体性の脆さとそれぞれの無責任さを暴くのが戦争である。大城が大陸で経験した戦争（日中戦争）は、彼が経験しえなかった沖縄戦のように社会秩序をその根本から破壊するような戦争ではなく、戦線が遠くにあり一見平和なように見えても、テロや突然の空襲という形をとって散発的に身近な人の生命を奪ってしまう戦争、そして二重スパイの存在に象徴されるように、誰が敵で誰が味方かが判別しがたいような戦争である。そしてそのような戦争は、私（知名であり大城）から、「日本人」「選ばれた者」「日支提携の指導者」といったアイデンティティをことごとく剝奪してしまうのである。「朝、上海に立ちつくす」で戦争はそのようなものとして、全貌はつかめないが確実に自らのアイデンティティを脅かす不気味な影として描かれている。そして、その戦争の果てに知名（大城）は「立ちつくす」しかなかったのである。

## 8．〈沖縄〉の不在――〈大城立裕〉のもう一つの可能性――

岡本恵徳は、「朝、上海に立ちつくす」の知名が沖縄に少しもこだわりをもっていないことを指摘し「朝、上海に立ちつくす」を沖縄にこだわり続けてきた大城らしからぬ作品であると評価している。確かに、「朝、上海に立ちつくす」では、大城が〈沖縄〉に踏み込むことはあまりない。

「沖縄県人は独立運動をやっているのか」／「僕たちには、その必要はないのだ」／「なぜ？」／「なぜって……」／　知名は困った。金井が朝鮮人として沖縄の歴史をどのように理解しているかは知らないが、沖縄県民が独立ということを考えなくなってから、もう百年に近い。

（『朝、上海に立ちつくす――小説　東亜同文書院』講談社、六〇頁）

「あなたも（兵隊に）行くのですか」／「もちろん。日本人だから」／「日本人はみな兵隊に行くのですね」／「朝鮮人でも台湾人でも行くのです」／だから日本の内地人なら尚更のこと、と強調する気持ちがあった。しかし言ってしまったあとで、何のために強調したのだろうか、と省みた。（『朝、上海に立ちつくす――小説　東亜同文書院』講談社、一一二頁）

朝鮮独立運動について金井と話し合っていたとき、金井はふいに「沖縄県人は独立運動をやってるか」と知名に問う。沖縄県人である知名は、その問いが発してくる意味にとまどう。また、范淑英の日本人はみな戦争に行くのかという問いに対して、知名は、朝鮮人でも台湾人でも戦争に行くのだから、内地人たる自分は当然行くと答えてみせる。知名の意識、言動の中に〈沖縄〉、あるいは沖縄人としてのアイデンティティの萌芽がほのみえるものの、知名がそのことを省察することはない。岡本が指摘しているように、「朝、上海に立ちつくす」の知名は、〈沖縄〉という小さな棘を心に刺したままその痛みを無視し、日本人としての意識しかもたないのである。

また、大城にとって、あるいは他のすべての沖縄の作家たちにとって、最も重要なテーマの一つであるだろう沖縄戦は、次の描写のようにごく簡単に処理されてしまっている（しかも、隣の新垣家の「幸子」は知名が結婚を誓い合った女性であるというのに）。

十一月中旬に、知名は父から一通の葉書を受けとった。……中身を読んで知名はしばらく呆然となった。十月十日に那覇市に米軍機の大空襲があって全市が焼尽し、わが家も借家ながら焼け失せたので、八里離れた田舎に避難し、葉書はそこから出したという。もともと父と母とだけで、二人とも無事なのはよいが、隣の新垣家の人たちが避難中に直撃弾をくらって一家全滅したのは痛ましい、とある。／（幸子！……）／胸の中で名を呼ぶだけで、想像の延びようがなかった。（『朝、上海に立ちつくす――小説　東亜同文書院』講談社、一五〇頁）

遠く離れた地で、恋人一家が全滅したという一報に接するという状況を考えた場合、むしろ知名のこの反応の方が現実的なのかもしれない。しかし、大城作品を数多く読んできた者が、「朝、上海に立ちつくす」の知名のこの〈沖縄〉へのこだわりのなさに違和感をおぼえるのも確かである。岡本も「朝、上海に立ちつくす」評のなかでその点を指摘している。岡本は、「朝、上海に立ちつくす」がそのような作品になったのは「作者がこの作品を書くにあたって、現在の自己確認よりも過去を過去として客観化する方をえらんだ」からであるとし、それゆえにこの小説は教養小説的な「青春小説」として一定の完成度を示す反面で、作者の現在の思い（沖縄へのこだわり）がどこにもにじみ出ていないと批判する。

しかし、ここで注目したいのは、むしろ、岡本が大城を批判するその視点である。自らことわっているように、岡本は「朝、上海に立ちつくす」という作品を、「（大城の）今度の作品が『これまでの作品』からどれだけぬけだしているか」という点から評価している。大城のこれまでの作品は（「作品」とよべるかどうか微妙な初期のものを除いては）、一貫して沖縄の表象をテーマとして創作されている。もし、この点が評価基準となるならば、〈大城立裕〉作品として「朝、上海に立ちつくす」の評価が低くなるのは当然であろう。そこには、主人公知名の、そして大城の沖縄へのこだわりがほとんど見受けられないからである。

しかし、「朝、上海に立ちつくす」は、それでも、いわゆる〈大城立裕〉以前の大城を見事に形象化しえた作品であるということができる。そこでは、大城立裕という作家が切り取るべきもう一つの戦争、「選ばれた者」の志や「内地人」としての誇りを一つひとつ奪い、若者の無邪気な無責任さや傲慢さを暴露してしまう戦争が十全に描かれているからである。「朝、上海に立ちつくす」という作品のなかにこそ、大城のもう一つの可能性、〈沖縄〉と切り離された作家・大城立裕を見いだすことができるのである。

【注】

（1）テクストとして用いたのは、『日の果てから』講談社（講談社文芸文庫、二〇〇〇年）及び『朝、上海に立ちつくす――小説　東亜同文書院』講談社（一九八三年）である。

（2）米須興文は、米軍の艦砲射撃が「ドロロン」と響く修羅場で沖縄の伝統的な「横穴式墳墓」である亀甲墓に避難した老夫婦の運命を描いた大城の「亀甲墓」を、「沖縄文化の神話的な構造を、戦争という激烈な営みの中で見事に表層化してみせた」という点で評価し、「専ら土着の文脈で沖縄人のサガをとらえている」作品であると絶賛する。「亀甲墓」において大城が表層化しえた沖縄の神話的な構造として米須が具体的に指し示しているものの一つに、「死の館（亀甲墓）に生命の保護を求めていく」という一見逆説的な沖縄人の死生観がある。沖縄文化の深層にある神話的な構造を、米須にならって、ここでも「沖縄的サガ」と呼んでみたい。

（3）ただし、その蘇りは決して順風満帆なものではない。エピローグで描かれている、畑に擱座する戦車と畑を勢いよく蚕食する葦（豊葦原の瑞穂の国＝日本）は、この先の沖縄の命運を象徴するものであろう。

（4）大城の「朝、上海に立ちつくす」を取りあげた論考として、黄穎による「大城立裕『朝、上海に立ちつくす』論」がある。黄は、「朝、上海に立ちつくす」を「複数の民族、まなざし、性暴力、言語が交錯する権力の場」としてとらえ、この作品から書院生（大城）の加害者としての自覚が読み取れはするが、それが「やはりどこかでかすんでいる」こと、また、その書院生（私）も被害者にすぎないという作品全体を貫く意識は、大城個人にとどまらず、戦後の日本文学に、ひいては戦後の日本社会に通底していることを鋭く指摘している。軍米収買行や勤労動員の場面において知名を苛む罪悪感や羞恥心、金井の朝鮮人―日本人―書院生という重層的なアイデンティティ、性的な夢とセクシュアリティの描写を通じて露呈される占領者内部の抑圧された性暴力、作品における多言語（中国語、上海語、昆山語、日本語）をめぐる権力関係など作品の重層的な権力構造を全体的に見渡している論考として評価することができる。

（5）黄は、この「揩油」の場面に占領者と被占領者という権力関係の反転を読み取る。「揩油」は親しい関係にある者の間で使われる言葉であり、そうでない者、たとえば日本人学生が使えば、そこに差別・侮蔑の意味が含まれるようになる。知名はそのことを知らない。「今朝、揩幾斤油?」という問いに怒った車掌は「上海語の矢」を知名に飛ばす。知名は「上海語を使いたかった」という言い訳を上海語で言うことができず、警官に捕まってしまうのである。

**【参考文献】**


鹿野政直、一九八七年、『戦後沖縄の思想像』朝日新聞社

黄穎、二〇〇六年、「大城立裕『朝、上海に立ちつくす』論」琉球大学大学院人文社会科学研究科国際言語文化専攻琉球アジア文化領域『琉球アジア社会文化研究』第九号

米須興文、一九七六年、「『亀甲墓』のこと」『土とふるさとの文学全集』月報一〇号、家の光協会（一九九一年、

『ピロメラのうた――情報化時代における沖縄のアイデンティティ――』沖縄タイムス社（タイムス選書Ⅱ）に収載

大城立裕他、一九六六年、「戦争が契機に【私の文学風景】」『新沖縄文学』第三号

大城立裕、一九七〇年、「沖縄で日本人になること」谷川健一編『叢書わが沖縄（第一巻）』木耳社

大城立裕、一九七三年、『沖縄――「風土とこころ」への旅――』社会思想社（現代教養文庫）

大城立裕、一九七八年、「年譜（試案）」『青い海』第六九号

大城立裕、二〇〇〇年、「歴史のなかの戦争（著者から読者へ）」『日の果てから』講談社（講談社文芸文庫）

岡本恵徳、一九八四年、「文学的状況の現在――『朝、上海に立ちつくす』をめぐって」『新沖縄文学』第五九号

# 第Ⅲ章　〈沖縄〉から普遍へ――「戦争と文化」三部作という企て

## 1．女性文化の蘇りと「普遍」への飛翔――「戦争と文化」三部作の位置づけ――

　一九二五年に沖縄県中頭郡中城村の神女殿内《のろどんち》の家に生を享け、戦争中は上海の東亜同文書院の学生として日支提携の夢を追い、戦後は琉球政府、沖縄県の公務員として篤実に務めを果たしてきた大城立裕は、何よりも小説「カクテル・パーティー」で沖縄に芥川賞をもたらした最初の作家であり、その習作期から現在に至るまで一貫して〈沖縄〉を表象し続けた小説家である。「日の果てから」「かがやける荒野」「恋を売る家」の三作品は、大城自身によって「戦争と文化」三部作と名づけられている。ここではまずこの「戦争と文化」三部作が膨大な彼の小説作品群のなかでどのように位置づけられるのかを確認してみたい。

　また、大城は、これまた膨大な数にのぼるエッセイにおいて沖縄の文化について語ってきた沖縄文化論者でもある。文化論者としての大城は、これまで多くのエッセイなどで、自身の作品の意図や方法についての解説を行っている。そのような自己解説から、「戦争と文化」三部作が彼の作品群の中でどのような位置づけを与えられているのかを確認した後で、三部作を実際に読んでみることで、彼が三部作において企図するものとそれぞれの作品という成果との間の微妙なズレ、そしてそのズレの重要性について指摘してみたい。

そして、最後に、この三部作を〈本土〉との関係の中で、そして〈沖縄文学〉の現在の中で捉え返すなかで、「沖縄から普遍へ」という作家大城の創作上のテーマがどのような意義をもつのかについて考察していきたい。

大城立裕は「戦争と文化」三部作以前に、「小説琉球処分」「恩讐の日本」「まぼろしの祖国」の三作品を書き上げ、これに「沖縄の命運」三部作と名づけている。この「沖縄の命運」三部作において、大城は沖縄にとって近代とは何であったのかを洗い出そうとしたという。しかし、近代を洗うだけでは収まらずに、「さらに遡って長いスパンの歴史を書かなければ」という衝動から、「神女」「天女死すとも」「花の碑」と続く一五世紀以降の琉球王朝史を執筆するのであるが、その王朝史もの、いわゆる「神から人へ」三部作から「沖縄の命運」三部作を経て、「日の果てから」に至るまでの一連の作品で、「女性文化の成れの果て」を書いたつもりだと大城は後に語っている。沖縄の文化は「女性文化（やさしさの文化）」であり、琉球王朝史とそれに続く近代沖縄の歴史は、その女性文化が衰亡してゆく過程であるとみることができる。その女性の権威が男性の政治によって無残になっていく過程の果てにあるのが沖縄戦であるという理解を大城は示しているのである。

琉球王朝史は女性文化衰亡の過程だという認識があって、それをもたらした男性文化の成れの果てが沖縄戦だと考えた／『神女』につづけて『天女死すとも』『花の碑』と王朝史を書いてきたが、それにつづく歴史が近代史三部作「沖縄の命運」であり、これこそ「ヤマト」という男性文化に組み敷かれて戦争へ向かう過程に他ならなかった。関連して、「巫女《ユタ》」という苦悩の民俗（古代的頭脳の持主が現代文明に適応しかねて霊的世界に逃避する）文化をともなったから、それも書かないではおれなかった。（「『地域』から普遍へ――三部作「戦争と文化」を書き終えて」『新潮』一九九八年六月号、二八八頁）

その女性文化衰亡の「果て」である沖縄戦を真っ向から取り上げた「日の果てから」、敗戦から二年を経た「賑やかな田舎」コザを舞台とし、戦場で記憶を失った少女のヨシ子（節子）をヒロインにすえ、その記憶の回復をめぐる物語である「かがやける荒野」、一九八〇年代～九〇年代にかけての中城村を舞台に、米軍通信基地の目の前でモーテルを経営する神女殿内・福元家の運命を描く「恋を売る家」と続き、それぞれ大日本帝国における沖縄、アメリカ統治下の沖縄、本土復帰してからの沖縄を描いたという「戦争と文化」三部作で大城が企図したものとは何であったのだろうか。彼はそれを次のように説明している。

無理にひきずってきた男性原理による社会秩序の崩壊が沖縄戦であったと敷衍したときに、その先には、女性文化の再生が期待されると夢想しました。／では、その真相はどうであった

のか、と問うことが可能で、そのために戦後史三部作を企てました。（『恋を売る家』あとがき）

すなわち、作者は、沖縄の〈戦後〉を戦争によって破壊されつくした社会システムの復興過程としてとらえ、その復興に沖縄の基層的な文化、とりわけ女性の力がどう貢献したのか、あるいは貢献しなかったのかを問うその試金石として「戦争と文化」三部作を位置づけているのである。不思議なことに、「戦争と文化」三部作を書き終えた大城はこの問いの正否について多くを語らないが、基層的な女性文化が社会システムの復興に貢献したのかそれともしなかったのか、貢献したのだとすればどのような形で貢献したのかという大城の問いに対する答えは、この三部作の読解を通じて明らかになるだろう。

その一方で、そのような「戦争と文化」三部作における企てとは別に、大城の作品群における「戦争と文化」三部作の意義を指摘することができる。それはこの三部作を書き上げることによって、作者の表現が地域的特性という表層から普遍的テーマという深層へ届いたということ、そのように大城自身が確信しているという点である。大城は戦後一貫して沖縄にこだわってきたと断言し、自身の小説に歴史や民俗を扱ったものが多いのもそのためであると説明する。しかし、「沖縄の命運」三部作に典型的にみられるように、自身の沖縄へのこだわりに縛られて、作品が歴史の絵解きにとどまった嫌いがあったと大城は反省している。

（「沖縄の命運」三部作が）狙ったのは「国内植民地とは何か？」であった。それに答えるには、日本国家の体制とその人間への投影を、深層の表現として出すべきであった。ところが、地域的特性の濃厚な沖縄の近代史がまだ全国的に知られていない事情にひきずられたせいもあって、『小説琉球処分』はともかく、『恩讐の日本』『まぼろしの祖国』は、近・現代史の表層の絵解きに止まってしまった憾みがある。(「『地域』から普遍へ――三部作「戦争と文化」を書き終えて」『新潮』一九九八年六月号、二九〇頁)

「日の果てから」「かがやける荒野」「恋を売る家」の三作品を書き終えて、作者は三作品を貫いている「戦争と文化」という普遍的テーマに到達したと気づいた。そのときの心境について大城は、「ようやく(歴史の)絵解きを脱け、テーマも『沖縄』にとどまることを拒否するようになった」と述べている(『恋を売る家』あとがき)。そして、三部作「戦争と文化」を「結節点として、今後はモチーフの束縛から解放されながら、自然体で土着と普遍をつなぐ自由な表現へ向かっていく」という予感を大城は抱くのである。

沖縄的な女性文化が戦後どのような形で蘇ったのか(あるいは社会システムの蘇りにどのような形で貢献したか)を測るという企てによって書かれた「戦争と文化」三部作であるが、その意図せざる結果として、大城はこの三部作の執筆を通じて〈沖縄〉から普遍へと飛翔したと自覚することができたのである。ひとまず「戦争と文化」三部作がそのような二重の意義をもつ作品群であるということにしておこう。

## 2.「戦争と文化」三部作が企図するものとその成果とのズレ

次に三部作「戦争と文化」を構成する三つの作品、「日の果てから」「かがやける荒野」「恋を売る家」を大城の企図に沿いながら読み解いていきたい。[1] 三作品ともに、戦争（あるいはその延長線上にある基地）によって深い傷を負わされた登場人物の蘇りが主要なテーマとなるのだが、各作品を概観する上で、大城作品において神女やユタ、あるいは御嶽《うたき》といった宗教的な存在のなかに体現されることの多い沖縄の女性文化が各作品の登場人物の蘇りにどう貢献するのか、そして、大城が〈沖縄〉をもっともよく表象するものとして描き続けてきた〈オバァ〉[2]が、相変わらず作品の展開においての重要な鍵を握っているのかいないのかという二点に注意をしながら作品を読んでみたい。

### （1）「日の果てから」

前章でも論じた「日の果てから」は、大城が初めて真正面から沖縄戦を取り上げた作品である。この章では、前章とは少し異なった角度から、この作品を改めて読解してみたい。

「戦場の悲惨さのみを書くことには興味がない」し、またそれは「実戦体験をもたない自分の柄ではない」ことを自覚していた大城は、他人とは異なる角度から沖縄戦にアプローチしようと考えていた。沖縄戦の時の刑務所が移動刑務所であったこと、かつて遊女であった女性の「戦争は自分たちにとって解放でした」という述懐、そして島尻で生き延びた人々がわが家に帰ったときにまず実行したのが御嶽を拝むことであったという話などから大城は「日の果てから」の着想を得たという。その着想とは、戦争は悲惨のものではあるが、その一方で、とりわけ沖縄の人々にとっては「解放」という面もともなっていたのではないだろうか、また、戦争によって沖縄の古い社会秩序は解体するが、その「蘇り」に沖縄文化の生命力が大きく寄与したのではないだろうかという着想である。

前章の繰り返しになるが、もう一度この作の概要に触れてから論をその先に進めよう。

「日の果てから」では、沖縄戦の末期、米軍の上陸によって、壕から壕へ、南部島尻へと逃げ惑う人々の姿を背景におきながら、放火の罪によって沖縄刑務所の受刑者となっている神屋仁松と、仁松と同じ中城村出身で辻遊郭のジュリ（遊女）である新原初子それぞれの戦渦からの、そして、しがらみからの逃避行が物語の中心にすえられている。「日の果てから」において、戦争は沖縄の新旧の秩序を徹底的に破壊する。仁松の神屋家は（大城自身がそうであったように）中城村の神女殿内の家柄であるが、神屋家のシンボルである御嶽は戦時下ということを理由に国家によって強制的に買い上げられ、母カマドや妻ヒデには、南部へ逃避行を重ねた末にターラガマで火炎放射器によって焼き殺される運命が待ちかまえている。琉球王朝の王家である尚家の「中城御殿《なかぐすくうどん》」は刑務所の受刑者達によって「徴発」の対象とされてしまう。また、班単位で壕から壕へと移動を続けていた沖縄刑務所は、戦闘の激化によって一時解散を余儀なくされ、ついに受刑者の戸籍とでもいうべき「身分帳」は南部の御嶽で焼かれるのである。

「日の果てから」では沖縄戦における数多の人々の凄絶な死が描かれるが、不思議なことに物語全体に、それらの死が醸しだすはずの陰惨なイメージがともなわない。なぜならば、一つには、カマドや初子などが時折垣間見せる沖縄的な死生観（「沖縄的サガ」）や「シマの論理」が戦場の緊張感や凄惨さを中和するからである。例えば、陸軍病院で看護婦の仕事を与えられていた初子は、本来は軍人及び軍属しか扱わない病院で、「この人たち、私のシマの人たちです」と強引に押し切り（シマの論理）、産気づいていたヒデを無事出産させる。その出産の光景は、戦闘に疲れ果てていた負傷兵に感動を与えることになる。

また、この物語が陰惨なイメージをともなわないもう一つの理由は、主人公である仁松や初子にとって、沖縄戦がそれぞれ受刑者とジュリという囚われの身分からの解放の契機となり、その先にあると思われる輝かしい蘇りを予見させるものとして描かれているからである。仁松は、戦闘の激化によって刑務所が解散、収容者身分帳が焼かれたことによって受刑者という身分から解放され、戦後はシマの人々から区長として働くことを期待される。空襲によって辻遊郭が丸焼けになったため、初子はジュリという身分から解放され、霊力の高い泉井戸での水浴によって生まれ変わったという確信を得る。仁松は、母や妻、子どもたちの死の代償として自分が生き延びたという思いに苦しめられはするが、初子を誘って御嶽に登った際に自らの蘇りを予感する。(3)初子、仁松に蘇りのきっかけを与えるのは、沖縄の伝統的な女性文化、あるいは大城が（あるいは米須興文が）いう「沖縄的サガ」に他ならないのだ。

大城が沖縄をもっともよく表象するものとして描き続けてきた〈オバァ〉は、とりわけ物語の前半部分で、神女殿内・神屋家の神女《のろ》であるカマドという存在に見事なまでに形象化されている。例えば、艦砲射撃をさけての逃避行の最中、避難場所としてようやく発見した他所の家の亀甲墓に真新しい棺桶を見つけたときのカマドの呟きは、今生と来世を明確に区別しないとされる沖縄の死生観をあらわすものである。また、カマドの存在感は、ものに動じず、沖縄の家庭における安定感の拠り所である〈オバァ〉そのものである。

「新後生を見守れば……」／カマドが闇の中で呟く。その意味をヒデは察して頷く。／墓の中には厨子甕がある。みなウガヮンス（ご先祖）の骨が入っていて、つまり霊の家である。二日前まで自分の先祖に守られていたが、こんどはよその家の先祖に頼ろうとしている。頼る以上は古後生も新後生もないわけだ。……「他人の新後生でも守れば、自分も守られることだ」

（『日の果てから』講談社文芸文庫、一二二―一二三頁）

## （２）「かがやける荒野」

「かがやける荒野」は、戦争が終結して二年が経過した基地の街コザを舞台とし、戦場で記憶を失ったヨシ子を中心に、記憶をなくしたヨシ子に名前をつけて一つ屋根の下家族同然の生活を送っている名渡山家の人々（重徳、その妻静、次男でシベリアから復員した重夫）、ユタでありハーニー（米兵の現地妻）でもある天久純子、厚生員の宮城豊子、元受刑者であるＣＰ巡査部長の福島、陸軍中野学校出身の「残置諜者」であるのにもかかわらず現在は米航空隊附属ＣＩＣ（民間情報部）に属する長嶺など、個性ある登場人物を配し、ヨシ子の「家族探し」と「記憶回復」をめぐって物語が展開していく。大城が「敗戦直後の民衆のバイタリティーを描き出してみたい」と述べているように、本作品では、「ハーニー」や「ポスポス（売春婦）」とよばれる女性たち、「戦果」や酒の密造、密貿易で生きる男たちなど、「米軍基地に見合うように生みだされた」「賑やかな田舎」であるコザの街に生きる人々の逞しい姿が、過去の戦争、現在の米統治が落とす影とともにいきいきと描写されている。大城は『かがやける荒野』の「あとがき」で、以下のように述べている。

沖縄の戦争については私なりの解釈があって、それはたんに物理的な破壊にとどまらず、社会の体制のすべてを滅ぼしたのだ、ということです。ただ、文化を滅ぼすことはできず、それが蘇りのエネルギーになったのだと思われます。／これらのことを『日の果てから』で書きましたが、その先を見ることが、この作品に課されました。／過去の既成の形がいったんカオスに戻ったとき、そこで蘇るものはどういう形をとるのか。その前に、過去はどの程度に捨てることが出来るのか、または取り戻すことができるか。蘇る、あるいは生きなおすとはどういうことか。それは選択が可能か――などなど。（『かがやける荒野』あとがき）

この「あとがき」で大城がいう「過去」をめぐる選択の問題は、作中においては登場人物の「記憶」をめぐるそれぞれの格闘に変換されている。たとえば名渡山家の人々にとってヨシ子の失われた記憶を回復させること、つまり「過去」を「取り戻す」ことは家族の最優先事項として認識されている。静はヨシ子の家族をユタである天久純子のウグヮンによって見つけ出そうと熱心であるし、その息子の重夫は、トラックドライバーという職業を利用して純子ユタの判示を手がかりにコザから南にいると思われるヨシ子の家族を探し回る。また、ヨシ子本人も「あの、上地に襲われたとき、自分のなかを走り抜けた記憶のようなものは何であったか、その正体を知りたい」という理由から、自分を暴行しようとした上地（これも元受刑者であるが）を「犯意を立証するのが難しく女性が世間に恥を曝すだけで終わる」と言われる強姦未遂罪で告訴しようとする。

しかし、ヨシ子が過去の記憶の回復に努める一方で、「かがやける荒野」に登場する男たちは過去の記憶を忘れよう、捨てようとしながらそれに振り回される存在として描かれている。巡査部長の福島（島袋）栄邦は元受刑者であることをひた隠しに生きているが、同じく元受刑者である上地から過去を暴露するという脅迫を受けて、上地の戦果品であるランチョンミートを名度山家から取り戻そうとし、ヨシ子とかかわりをもつ。福島の過去を隠蔽するための行動が物語に新しい展開を生み、ヨシ子（実は節子）が母親である宮城豊子に見いだされるきっかけをつくり、また、母娘が父親である宮川（宮城）秀治に邂逅する機会を生み出す。

「残置諜者」である長嶺浩（本名は永井次郎）は、戦後新たに摩文仁村出身であるという偽りの戸籍を作り沖縄県人として米軍に勤めている。長嶺は既に「残置諜者」としての生き方からは自由になっているのにもかかわらず、米軍ＣＩＣに勤めているという立場から、過去が露見するのを「やはりまずい」と考えている。上地に暴行されかけたヨシ子を助けたことから、ヨシ子の良き相談相手となり、その縁で福島ともかかわりをもつことになるのだが、福島に過去を暴かれ、「捨てるべくして捨てられない記憶」をもてあますことになる長嶺は、節子（ヨシ子）の長嶺と「過去」を共有したいという思いに応えることができずにいる。

また、豊子の夫、節子の父で、沖縄刑務所の看守であった宮城秀治は、受刑者に付添って単身で九州に疎開し、そこで終戦を迎えて退職する。沖縄に残してきた家族が全滅したという情報が流れてきたことから、戦争未亡人である光江と再婚し、「戦争で消えた戸籍を作りなおした機会に姓を宮川と変えて生きなおす徴にし」た。沖縄に引き揚げた秀治は「ミシン屋」として婦人用衣料品の注文生産の事業を始めこれを成功させる。中学の同級生で、東京で「沖縄を日本に復帰させようとする政治運動」に参加している国吉宗太郎にかかわったことから、今はコザ署の巡査部長となっている福島と再会し、福島の口から妻が生きていることを知らされた秀治は、自分の犯した重婚の罪に懊悩する。福島から呼ばれてコザ署に出向く途中、コザ十字路でトラックに轢かれた秀治は、現場にいた豊子、節子と再会を果たすが、豊子と光江が妻の座をめぐって争ったり妥協したりするのをただ呆然と見守ることしかできない。

ヨシ子は、秀治の入院する病院で看護婦が手にした注射器を見るに及んで、宮城節子としての一切の過去、秀治と豊子の娘であること、看護婦であったことはもちろん、南風原陸軍病院の撤退の際に軍命によって重症患者をモルヒネ注射で安楽死させたこと、病院部隊からはぐれてぼろ家で休んでいるときに警官に襲われかけたことなど戦争の記憶を取り戻す。記憶を回復することによって、節子は自分が生き残ったことに罪悪感をおぼえる。しかし、それでも節子は、「かがやける荒野」に登場する男たちのように、過去と訣別したり、記憶を封印したりしようとは思わない。

自分にとって「女学校」とは、女学校だけのことではなく、自分の過去の一切であるといってよい。「父」の記憶や「看護婦」の記憶と同じものだといってよいのだ。あるいは戦場のことさえも、そうなのだ。「戦場」とは自分にとって、記憶を失わせたものでもあるが、それがなくては「過去」の一切無意味になるものではないか。記憶を取り戻したことが、自分自身を取り戻したという大事件であり、いまの自分にとって最大の幸福であるならば、それは「過去」あればこそのことではないか。「過去」は私の全体である。それを忘れたくない。捨てたくない。そのような願いは不可能な、あるいは甘い、贅沢な願いだろうか。だけどやはり、シベリアには二度と行きたくないと、簡単に言い切ってしまう重夫に、ここで遠いものを感じないわけにはいかない。自分にとって「過去」とは、そんな単純な不幸ではない（『かがやける荒野』新潮社、二五七頁）。

節子は戦場の記憶を過去として「忘れたくない、捨てたくない」と思う。なぜなら、その忌まわしい記憶も含めて「私の全体」だからである。節子はまた誰かと記憶を共有したいと願う。しかし、自分に想いを寄せる重夫とは、「過去」についての解釈が大きく違うことから記憶を共有することが難しいと感じている。過去を共有すべき相手である長嶺のことを思いながら、節子は上地を裁く法廷へと向かう。そして、「折角の技術を生かして看護婦という職業に戻るか。忌まわしい記憶を殺して――というより乗りこえて、務める勇気をもてるか」などと考えるのである。

登場人物の「蘇り」における沖縄文化の貢献という点をみるならば、「かがやける荒野」は「日の果てから」とはまったく違った展開をみせる。「日の果てから」においては、生き残った仁松、初子が「蘇り」を予感するきっかけとなるのが、霊威《せじ》の高い泉井戸や御嶽といった「沖縄的サガ」を表象するようなアイテムであった。しかし、「かがやける荒野」においては、節子の記憶回復（それは蘇えることでもある）に、お墓やユタのウグヮンなどの「沖縄的サガ」があまり役立たないのである。節子が記憶を回復するのは、父親である宮城秀治にまさに打たれようとしている注射器を目にしたときである。「注射器」とは節子にとって自身の過去の職業、専門職である看護婦の「技術」を象徴するものであろう。その注射器は、節子を軍命によって犯した殺人と結びつけるものでもあり、その事実は一時節子を愕然とさせはするが、伝統的な「沖縄的サガ」ではなく、その注射器に象徴されるような近代的な「技術」、あるいは、自分は看護婦（看護婦とはこれも近代的な女性の専門職であろう）であるという矜持を武器として節子は忌まわしい記憶を乗り越えようとするのである。

「かがやける荒野」でも、沖縄の家庭における安定感の拠り所である〈オバァ〉として名渡山静が配置されている（オバァというにはやや年齢が若いが……）。静は物語の始めの部分、ヨシ子（節子）が見た幽霊を撃退するためにユタである天久純子を買うというエピソードにおいて、「日の果てから」のカマドと同じように、沖縄的な死生観を十分に披露するのであるが（「ヨシ子の戸籍をこの家で仕立てたときも、ウグヮンをしてないさねえ。本当はあの幽霊もそのためではないかと思うさあ」）、しかし、そのことは、節子の記憶回復という物語の主要な展開にとっては、どちらかといえば異物として浮上するもの、あるいは取るに足らないエピソードの一つにすぎないのである。

### （3）「恋を売る家」

「恋を売る家」は前二作からやや時代が下った一九八〇年代から九〇年代にかけて、復帰後の沖縄を物語の時代背景としている。長男英男、琉球開闢の祖神（アマミキヨ）が降り立った島である久高島から英男に嫁いだ朝子、英男の子どもである由美・佐智夫の姉弟、英男の母ミトからなる福元家は中城村吉浦部落の神女殿内《のろどんち》の家系である。といっても姑のミトがノロ職を務めたのは「沖縄が戦場になる前の一年足らずにすぎ」ず、戦後は福元家の神女地二万坪のほとんどが米軍によって接収され（米国民政府による「土地収用令」は一九五三年に公布）、御嶽は荒廃したままになっている。ミトは神女殿内の再興にこだわり続けているが、英男はそのミトの思いを尻目に、「御嶽の神様も世間御真人（大衆）の子孫繁盛を手伝うのだと喜ぶはずよ」とうそぶき、御嶽の前に（しかも朝子の郷里である久高島を臨む位置に）モーテルつきの住宅を建ててしまう。しかし、このあたりから福元家の運命が暗転していく。

英男は大学を中退してから軍作業に就職したが、早々とそれに見切りをつけ、年間軍用地料として上がる二千四百万円で楽々食いつなぎながら、闘牛三昧の日々を送っている。闘牛賭博絡みで持ち牛である赤野ヤカラーに毒物をもられたことをきっかけに、同じ吉浦部落出身の暴力団組員安良川幸平との付き合いが始まるが、幸平は福元家の資産を狙い様々な術策を施しながら、英男を追いつめる。幸平の魔の手は英男ばかりか、その息子の佐智夫にまで弟の誠三を使っての強請という形で及んでゆく。幸平の動きに歩調を合わせるように、村会議員の松島ら部落の有志も、福元家に対して軍用地料の一部を字に寄付するよう要求するという動きを見せ始める。

幸平の姉である澄江は、御嶽で「アメリカーに乱暴された」ことを契機としてユタになるのだが、御嶽に基地のタンクからガソリンが漏れるという事件が起こってから、「御嶽にガソリンが漏れたのは、ノロの霊威《せじ》が弱いからだ」と主張し、神女殿内である福元家の責任を追及するようになる。結局ミトは、一時はユタである澄江にノロ職を継ぐことを持ちかけるまでに追いつめられ、福元家の神女殿内としての復活をみることがないまま癌によって死亡する。追いつめられる福元家、追いつめる安良川姉弟、ともに基地＝「アメリカー」の犠牲者として描かれている点は注目に値する。ミトは基地によってノロとしての権威を奪われ、また英男は軍用地料という不労所得によって骨抜きにされている。B52墜落事件（一九六八年）の最中に起こした些細な失敗で基地をクビにされた幸平は、軍作業が自分をヤクザの世界に引き入れたのだと主張する。そして「アメリカー」に威張らせないためにわれわれ暴力団が命を張っているのだとうそぶいてみせる。

英男は幸平に軍用地をすべて自分に譲れと脅しをかけられ、結局その大半を幸平に譲ることになるのだが、その幸平が逮捕され二年の実刑判決を受けてしまう。英男の浮気に悩んだ朝子は、英男の弟であり朝子にとってよき相談相手であった公次と結ばれる。そして、二人が関係をもったまさにその時、ミトの容態が急変する。朝子はミトにノロの跡目を継ぐ約束をする一方で、英男と離婚の決意をし、コザに転居してスナックの営業を始める。そんななか、中城の米軍通信基地の返還が決定し、幸平や澄江の企みは無に帰すことになる。福元家の家族はバラバラになったが、闘牛大会で勢子を務める長女由美の存在が辛うじて家族をつなぎとめている。また由美の「ヤァーッ！」という矢声《やぐい》は闇の濁りを切り裂き、明るい未来を予感させるものでもある。

眼前に存在する基地は、そして基地の存在によって被る様々な苦しみは、あの戦争と同一線上にあるものである。「恋をする家」の登場人物は、基地という存在をそのように解釈している。ユタの澄江は、朝子との会話で次のように語る。

「私のこの苦しさが、戦争からひきずってきたものだということでしょうね」／と澄江はため息をついた。／「戦争ではないじゃないですか。戦後のアメリカーでしょう」／「いいえ。戦争の被害も戦後のアメリカーからの被害も同じことです」（『恋を売る家』新潮社、一二四頁）

大城の企図に従えば、基地（戦争）と対峙し、そこから基地とともに生きる人々の生活を蘇らせることができるのは、「沖縄的サガ」をおいて他にない。しかし、この「恋を売る家」においても、「沖縄的サガ」は沈黙をし続ける。神女殿内である福元家が司るべき御嶽はアメリカによる土地接収以降荒廃したままであり、タンクのガソリン漏れによってさらに汚されてしまう。そして、典型的な〈オバァ〉であるミトは、基地やその影響を受けた者たち、澄江や幸平に対して、そして自分の長男である英男の前でさえまったく無力な存在として描かれているのである。

## 3.「沖縄的サガ」の無力化と〈オバァ〉超え

「戦争と文化」三部作の各作品を読んでみたが、三作品に共通しているのは、作者の意図する通り、人間生活を破壊する、あるいは堕落させるものとしての戦争（あるいはその象徴としての基地）と、それに対抗する力としての沖縄の文化を描き、両者の拮抗を軸に物語が編まれているということである。「日の果てから」では、戦争が沖縄における新旧の秩序を徹底的に破壊するのであるが、生き残った仁松、初子が「蘇り」を予感するきっかけとなるのが、霊威の高い泉井戸や御嶽といった「沖縄的サガ」を表象するようなアイテムであった。また、「かがやける荒野」で、戦争によって失われてしまったもの（米軍の飛行場の中に呑み込まれてしまった名渡山家の墓、ヨシ子の記憶）を回復するために名渡山家の人々が頼るのは「ユタ」天久純子なのである。「恋を売る家」でも、「ユタ」である澄江は、「ノロの霊威がしっかりして生きていれば、御嶽でガソリンがもれるということはないはずです。霊威が滅びたせいで、アメリカのガソリンに侵された」と主張し、「ノロの霊威」を基地（戦争）に対抗しうるものとして考えている。このように「戦争と文化」三部作においては、戦争（あるいは戦争を象徴する基地）に対峙するものとして沖縄の文化（宗教的文化や女性的なやさしさの文化、シマの論理等）が据えられているのである。

しかし、「戦争と文化」三部作において、沖縄文化、あるいは「沖縄的サガ」は、個々の作品分析でも確認したように、戦争（あるいは基地）というものに対抗できるだけの力を常に発揮できるという訳ではない。

「かがやける荒野」に登場する天久純子はユタである一方で、米軍曹長（サージャン）のハーニーであるという設定を与えられているのであるが、名渡山家の墓の問題（「先祖の墓が飛行場の部隊のなかにあるが、そこを拝みたい」）をユタとしての「判示」（つまり沖縄の基層文化、「沖縄的サガ」の力）ではなく、ハーニーとしてサージャンに渡りをつけてもらうこと（世俗的なコネの力）で解決する。「恋を売る家」では、神女殿内である福元家の権威が米軍による土地接収やヤクザによる恫喝、そしてノロとはライバル関係にあるユタの策略などによって徐々に貶められていくのであるが、その福元家を貶めるすべての源にあるのは基地の存在である。基地がなければ、御嶽が荒廃することもなかったし、英男が賭博にのめりこんで一億近い金を巻き上げられることもなかったし、ユタである澄江にミトのノロとしての責任を問われることもなかったのである。結局、ミトは基地に対してまったく無力のまま死を迎えるし、一度は謀略によってミトを負かしたはずのユタ・澄江の大勝利も、基地返還という事態にあってまるで無意味になってしまう（という設定を与えられている）のである。

とりわけ、後の二作品において、戦争の傷痕や基地の存在の前に沖縄の文化はまるで無力な存在として描かれている。先に、大城が「戦争と文化」三部作を、「戦後」を社会システムの復興の過程としてとらえ、その復興に沖縄の基層文化、とりわけ女性の力が貢献したのかどうかを問うその試金石として位置づけているると述べた。この点からすれば、沖縄の基層的な文化、あるいは大城のいう伝統的なやさしさの文化は、基地経済を軸に復興した社会システムの前に無力だったといえるのかもしれない。

しかし、わたしたちは、「かがやける荒野」における純子や節子、あるいは「恋を売る家」の朝子のなかに、従来の大城作品において沖縄的文化の体現者であり続けた〈オバァ〉を超えた、新しい沖縄の女性像をみいだすことができるのである。純子は凄腕のユタである反面、米軍サージャンのハーニーでもある。伝統的なユタとしてウグヮンを行い、判示を下す一方で、愛人であるサージャンを巧みに利用して世俗的に問題を解決することもできる異種混交な存在として純子は描かれている。

節子は、「沖縄的サガ」に頼ることなく自身の記憶を回復することができたが、大きな痛みをともなうその戦争の記憶との格闘に看護婦として矜持をもって臨み、一人でそれを乗り越えようとしている。「かがやける荒野」に登場する男達とはちがい、「戦争の記憶」を忘れまい、忘れることなくそれを乗り越えようとする節子にもう幽霊が見えることはないのかもしれない[4]。

また、久高島に生まれて神女殿内に嫁ぎ、死の瀬戸際にいるミトに対してノロの跡目を継ぐと約束する朝子も、その一方で御嶽の前に建てたモーテル（恋を売る家）の窓口に座り、義弟と不義の関係を結び、夫との離婚後はコザでスナックを経営するという二律背反を大きな苦悩なく受け入れる存在、そのような困難な状態におかれながら、そこに一縷の希望をみいだし、力強く「いま、ここ」を生き抜く存在として描かれているのである[5]。

## 4．〈沖縄〉から普遍へ

### （1）見えない〈沖縄〉

大城は『日の果てから』『かがやける荒野』『恋を売る家』の三作品を書き終えて、自身の創作が普遍的テーマに到達したと気づいたという。〈沖縄〉に大きく寄りかかることなく、「戦争と文化」というテーマを書ききったという確信があったのだろう。従来大城が多用してきた「沖縄的サガ」アイテムによらず沖縄の現代的状況を表象すること、その一つのあらわれが、従来の沖縄文化を表象する伝統的な〈オバァ〉に代えて、戦後の「基地」とともに出現した新たな女性像を描写し切ったことであろう。

しかし、それとは別に、大城が「戦争と文化」三部作において〈沖縄〉を脱し普遍に達したと確信した理由がもう一つあるように思える。「戦争と文化」三部作、とりわけ後の二作においては、これまでの大城作品で多用されていたある方法がはっきりとはみられないのである。

岡本恵徳は、かなり早い時期から、大城の小説が戯曲的であることを指摘している。少し長くなるが、岡本の大城論を次に引用しておく。

彼（大城）はもともと自己のうちにあるものを、それとして語ることで自己を確かめることはしない。彼は自己を、他者とのかかわり、その位置のずれと距離を綿密に計算する。そしてその計算の結果にもとづいて自己を確かめることが可能とする。それぞれの人間の位置、その間の距離、その落差に生ずるエネルギーが、彼の創作活動の原動力になっているといっていい。いわば《位置と関係のエネルギー》である。／彼が戯曲に多くの関心を持ち、彼の小説が、その人物の配置と構造、あるいはその構造を支える論理にその魅力の多くをもつのは理由のないことではない。人間の内的な葛藤を異なった人格の関連と構造に代置することで戯曲はその世界を造形するのであり、彼の人間を把握する認識の仕方が、各人の位置と距離、その構造にある限り、彼の小説の世界はもっぱらその世界を造形する構造そのものに依存しなければならないからであり、同時に、それが彼の造形のもっとも基本的な特質をなすものに他ならないからである。（岡本恵徳『現代沖縄の文学と思想』沖縄タイムス社（タイムス選書一二）、一九八一年、一五八頁）

この岡本の指摘する大城の「位置と関係のエネルギー」という創作技法は、とりわけ彼が作品の中で〈沖縄〉という主体を浮上させる際に必ず使用されてきた。例えば、大城が初めて沖縄戦を描いた「棒兵隊」では、「加害者」たる他者として〈ヤマト〉（日本兵）を置き、被害者たる〈沖縄〉（沖縄で召集された防衛隊員）を炙り出して見せた。また、出世作となった「カクテル・パーティー」では、アメリカ、ヤマト（本土）、中国、沖縄という四つの立場を四人の登場人物（それぞれミラー、小川、孫、私）の人格に投影させ、そのことによって国際親善の欺瞞と〈沖縄〉の加害者性を暴き出すことに成功している（第Ⅰ章）。

大城は多くの作品で、岡本が指摘する「位置と関係のエネルギー」という技法を用いているのだが、「戦争と文化」三部作のうち後の二作品においては、この方法は使われていない（少なくともその方法の使用がきわめて見えにくくなっている）のである。

例えば、『かがやける荒野』では、大城の物語世界における典型的な〈オバァ〉表象である静とユタである天久純子以外に、特定の価値や立場を投影されている登場人物はいないようにみえる（しかも、ユタ天久純子は、先に述べたように、純粋に「沖縄的サガ」を体現するキャラではなく、ハイブリッドな存在として描かれているのだ……）。また、「恋を売る家」の敵役である安良川幸平は、ヤクザという設定から考えれば〈ヤマト〉を表象しているようにみえるが、[6] かつて「アメリカー」によって疎外された経験から「アメリカー」に復讐を企てる一方で、ユタである姉・澄江と沖縄的な深い姉弟愛で結ばれ、ともに吉浦部落の神女殿内である福元家を追い落とそうとするという複雑な役回りが与えられていて、どのような価値や立場の具現者なのかを特定することが難しい、不気味な存在として描かれているのである。つまり、大城は「戦争と文化」三部作において、従来のような方法で〈沖縄〉という主体を浮上させせなくなったといえるだろう。大城の作品に慣れ親しんだ者にとって、とりわけ後の二作品はきわめて〈沖縄〉が見えにくい作品となっているのである。

大城は沖縄文化論者として数多くの沖縄文化をテーマとする評論、エッセイを執筆してきたが、そのなかには自作品の解説や創作の意図がいたるところに盛り込まれている。自作品について、あるいは自己と自作品の関連について大城ほど多くを語る作家を見たことがない。その評論等で大城は沖縄における文学を構想し、そこに示されている仕様書にある通りの構造的な作品を創作してきたといえる。しかし、「戦争と文化」三部作においては、これまで確認してきたように、仕様書を裏切る形で作品が創作されているのだ。それは、沖縄という現実が、大城が文化的なプログラムとして構想する〈沖縄〉の枠を超えて存在し、〈沖縄〉を浮上させるように設計された彼の創作方法が通用しなくなったこと、そして大城が沖縄の現実を描くために敢えて〈沖縄〉という枠組みを捨てざるをえなかったことを意味するのではないだろうか。大城は〈沖縄〉を捨てることで、「普遍」へ、そしてリアリズム小説家としてさらなる高みへと飛翔したのではないだろうか。

## (2)〈沖縄文学〉における普遍

大城は、大野隆之が指摘するように「カクテル・パーティー」で芥川賞を受賞し本土（ヤマト）から作家として認知される以前から、一貫して政治的な複雑さや文化的な特殊性を内包する〈沖縄〉という問題を、本土の読者が読んでもわかるような小説作品に翻訳しようと腐心してきた作家であるといえる。大城の作品に歴史ものが多いのもそのためであり、また、「沖縄の素材を本土の読者に読ませるための余計な苦労」が、彼の作品のいくつかを「表層の絵解き」に止めてしまったことも事実であろう。しかし、その苦労の果てに、本土の読者が大城の作品を彼の意図する通りに、あるいは彼が納得する形で理解してくれたかといえば、必ずしもそうはいかなかったのである。

一九六七年の芥川賞受賞は、大城に栄光と挫折の両方もたらすことになる。栄光については説明するまでもないが、挫折というのは、鹿野政直によると「カクテル・パーティー」の芥川賞受賞を通じて、本土の作家や批評家、ジャーナリストたちが政治というフィルターを通してしか沖縄を視野に入れることができないのが明白になったことを指す。自身が「カクテル・パーティー」より普遍的価値が高いとみなす「亀甲墓」が本土では「わからない」という理由でまったく評価されなかったことを大城は「試練」だと表現し、自分の作品の本土での評価が低かった場合、それは自分の技術が未熟なせいなのか、それとも本土の読者が沖縄を知らないせいなのか判然としないという不満をもらしている。繰り返しになるが、大城ほど自作品について多くを語る作家はいない。その多弁さは、本土（ヤマト）が〈沖縄〉を知らない以上、〈沖縄〉について書かれた文学作品＝〈沖縄文学〉を判断する基準は自分自身で読者に示していくしかないというこの作家の自負であるかのようにみえる。

以上の点を踏まえて、「戦争と文化」三部作の創作を通じて、大城が〈沖縄〉にとどまることを止め、「普遍」に達したと確信したことの意味について、もう少し深く掘り下げて考えてみたい。大城は「戦争と文化」三部作を書き上げる約十年前に、あるエッセイのなかで次のように述べている。この頃の大城にとって、「普遍」とは、ヤマトにいる読者の理解力を通じて、ヤマトないしはヤマト文化との相克の末に獲得されるものであったということがわかる。

> 「沖縄」それ自体のうちに、文化、文明の普遍的な実相と運命の表現を探らなければならない……。ただ、それが普遍的な理解を得られるかどうかは、ひとつの課題となる。というのは、普遍的な理解といっても、とりあえず本土の、私たちの言葉でいえば「ヤマト」の人たちによる理解が先決になるからである。駆け足で言ってしまえば、ヤマト文化をとおしての理解を超える文化が、私たちの表現に見られるとき、表現者と読者とのどちらが一歩を引くか――それは、「沖縄」が「昭和」をとおして「日本」にからめとられたか蘇生したかの、試金石にもなるのである。（「番外日本人への道」『波』一九八九年五月号、五頁）

しかし、大城はヤマトの読者に「戦争と文化」三部作を理解してもらった上で、「普遍」にたどり着いたのではなかった。大城は「普遍」宣言を、三部作最後の作品である『恋を売る家』の「あとがき」及び同作品が出版された直後に発行された『新潮』一九九八年六月号に掲載されたエッセイ（「『地域』から普遍へ――三部作「戦争と文化」を書き終えて――」）で早々に出しているのである（『恋を売る家』の発行は一九九八年四月一五日付となっている）。このことは、自らの創作が「普遍」の域に達したことを確認するための試金石として、大城がもはや本土ないしはヤマトを必要としていないことのあらわれとみてよい。

「恋を売る家」に対する書評の一つに武田信明の手によるものがある。武田は自分が「沖縄については無知であること」と素直に認めつつ、それでも大城のこの作品が二項対立に満ち満ちており、構造的にみてあまりに明瞭すぎること、そしてその明瞭さが、大城が作品の中で提示する「基地の島」「ノロの住む島」といったモチーフと自分のもつ乏しい沖縄イメージとをそっくり対応させてしまう、つまり「恋を売る家」があまりに沖縄的であるという趣旨の作品批判を展開している（この書評のタイトルは「『沖縄』であることと、あまりに『沖縄』であること」である）。そして武田は、大城が提示するような沖縄の問題系は作家として書くことを回避できない問題であったのかもしれないという一定の理解を示す一方で、次のように続ける。

なるほど、そうなのかもしれない。だが、村井紀氏が『南島イデオロギーの発生』で記した、沖縄に対するオリエンタリズム的まなざしへの批判を読んでしまった私は、それにしてもと考え込んでしまうのである（武田信明、「『沖縄』であることと、あまりに『沖縄』であること」『群像』第七号、三二九頁）。

武田は、「恋を売る家」、あるいは「戦争と文化」三部作があまりに沖縄的であると批判しているのだが、既に指摘したように、「戦争と文化」三部作、とりわけ「恋を売る家」は、表層的に沖縄の素材がちりばめられてはいるものの、大城が問題視してきたような〈沖縄〉がきわめて見えにくい作品となっている。また、武田のいう「二項関係」を軸とする作品とは、これも既に示した「位置と関係のエネルギー」という創作技法を指すと思われるが、その技法は『恋を売る家』ではほとんど使用されておらず、従ってこの作品は、以前の大城作品とくらべればまるで構造的ではないという点に大きな特徴があるといえるのだ。

つまり、この武田の書評からうかがえることは、本土（ヤマト）の批評、ジャーナリズムが、相変わらず〈沖縄〉を「ヤマト文化を通しての理解」以上に理解しようとしないことである。あるいは、復帰前には政治というフィルターを通してしか沖縄を視野に入れることができなかった本土（ヤマト）の知識人が、今度は「オリエンタリズム批判」という視点からしか〈沖縄〉を射程に収められないということであろう。そのことを予見した大城は、おそらく「日本」にからめとられる途よりも、蘇生の途を選択したように思えるのである。

大城と本土（ヤマト）との間に断層がみられるように、大城と、彼とは違う世代に属する沖縄における文学の担い手たちとの間にも大きな断層があるといえる。それは典型的には「戦後」というものの捉え方にもっともよくあらわれている。例えば、新城郁夫は、現在の沖縄で生起しつつあるのは戦争以外の何ものでもないと断言する。言葉をめぐる戦争、身体をめぐる戦争、記憶をめぐる戦争、そのような戦争の最中にある沖縄を、文学を通じて感知し、また「戦後日本」という空虚なビジョンを解体すべく沖縄文学という企てを夢想するのだと新城は宣言している。大城よりも三〇年も後に芥川賞を受賞した目取真俊もまた、「水滴」などの作品によって、沖縄戦を「物語」に回収しえない「現在」として描くことにこだわりをもっているといえるし、大城貞俊も「戦争は、いつまでも戦後をつくらない。いつまでも、戦場のままなのだ……」という視点をもって「G米軍野戦病院辺り」や「K共同墓地志望者名簿」といった作品を綴り続けている。「戦後」などないとみる彼ら現在の沖縄における中心的な文学の担い手たちと、「戦後」を蘇りの過程とみなし、基地とともに生きる異種混交な女性たちを描く大城との間には大きな断層があるといえる。

太田好信は、「沖縄モダニズム」を夢想する論考において、大城が「カクテル・パーティー」や評論、エッセイのなかで示した「二重の意識（沖縄で日本人になること）」の可能性について言及している。すなわち、沖縄人の自己意識と日本人の自己意識という「二重の意識」は歴史的な暴力の産物なのであるが、それをトリックスター的に読み替える作業によって、暴力による文化の崩壊を語る「悲劇のプロット」とは別に、その暴力の中から生まれるもう一つの沖縄の歴史・文化像「喜劇のプロット」が立ち現れる可能性を太田は指摘しているのである。太田は次のように結論している。

沖縄における「意識の二重性」は、グローバルであることを通して、ローカル性を獲得すること、沖縄という個別性において自己を肯定すると同時に、その肯定をとおしてコスモポリタン的な思考を獲得すること、歴史を回復し、その歴史に拘束されることをとおして自由な未来を構想することなどについて、様々な考察を促すだろう。（太田好信、『民族誌的近代への介入――

文化を語る権利は誰にあるのか――』人文書院、二〇〇一年、一六三頁）

大城と新城、目取真らとの間にある断層は、「意識の二重性」に「喜劇のプロット」から答えるのか、それとも「悲劇のプロット」から答えるのかというポジションの相違であるかのように思える。そして、それは太田が指摘しているように、二者択一の選択肢としてあるわけではないのだ。ともかく大城は、「戦争と文化」三部作を通じて、沖縄の歴史に拘束されつつも、そのことによって思いもよらない自由な未来へと連なる途を提示しえたのである。そのように思えるのである。

**【注】**

（1）テクストとして用いたのは、『日の果てから』講談社（講談社文芸文庫、二〇〇〇年）、『かがやける荒野』新潮社（一九九五年）、『恋を売る家』新潮社（一九九八年）である。

（2）英文学者である米須興文は、大城の初期における代表作である「亀甲墓」（一九六六年）について以下のような批評を行っている。

……「やさしさの文化」といわれる沖縄の家庭における安定感の拠り所は女性であるが、その女性の中で最も権威的な存在はばあさんである。沖縄のばあさんには、ものに動じない悟りきった行者の風格すらある。作中では、このばあさんが見事に描かれている。

自分の教え子でもある米須と沖縄で何を書くべきかという話になり、米須に「おばあさんを書くべきですね」と言われた大城は、既に完成していた「亀甲墓」を読んでくれと答える。米須は「亀甲墓」を絶賛し、それ以降、大城は自身の作品において意識的に〈オバァ〉を描き続けるのである。

（3）実は大城自身がかつて戦後の焼け跡に蘇りを予見している。一九四五年八月に上海で除隊した後、姉のいた熊本へ引き揚げ、同年一一月に沖縄へ帰った大城は、「地盤の珊瑚礁が剝き出しで真っ白になって」いた首里の街を前に、「これで戦前の封建社会の名残のような暗い空間もなくなった」という感慨を抱いたという。

（4）「かがやける荒野」の冒頭部分で、ヨシ子（節子）は枕元に兵隊の服装をした男の幽霊が立つのを見る。記憶を失っていたヨシ子は、それが父親の霊ではないかと疑い、重徳や静にそのことを訴える。幽霊退治で評判になっていたハーニー兼ユタの噂を聞きつけた静は、ヨシ子のためにそのユタ天久純子のウグヮンを買おうとする。純子の最初のウグヮンは不首尾に終わるが、それを責められた純子はしばらく考え、ヤマトの兵隊の骨が名渡山の家の床下にあり、それが幽霊の正体であることを告げる。その言葉通りに、ヨシ子の枕元の幽霊が立っていた位置の床下に骨が埋まっており、純子はユタとして本物であると認められる。川村湊は、この「幽霊退治」のエピソードを「かがやける荒野」における最も重要な部分として位置づけている。「戦争の記憶」はいずれ忘却や風化にさらされる。戦争の記憶の「劣化や退化の果てに、もう一度伝えるべき『恐怖』や『畏怖』を伝えねばならぬという人々の当為として」、記憶の代替たる幽霊たちが現れるのだと川村は主張する。ヨシ子（節子）は記憶を喪失した人物として設定されているからこそ、その喪失した「戦争の記憶」の代わりに幽霊を見ることができるというのだ。この川村の見解は非常に興味深いが、この「沖縄的サガ」に満ち満ちた「幽霊退治」のエピソードは、その後のヨシ子（節子）の記憶回復をめぐる物語、「かがやける荒野」という物語全体のなかではむしろ異物として浮上してくる部分なのではないだろうか。

（5）久高島にはその北端のカベール岬に二頭の白馬の姿をした海神が降り立ち、島の周囲を巡回して帰っていくという言い伝えがある。「恋を売る家」の冒頭部分で、まだ少女だった朝子は「闇のなかでその白い馬が防潮林と闇を突き破って、カベール御嶽のほうへまっしぐらに走っていくのを」見る（四頁）。そのことを朝子から聞いた祖母は、「そうかそうか、白い馬を見たか。朝子は黄金の瓜実をもって御殿（大名屋敷）に登るよ」と朝子に言った。そして、何十年かが過ぎ、「恋を売る家」の結末部分で、闘牛の勢子として牛の鼻綱を握る娘由美の姿に朝子は白い馬の幻影を重ね合せるのである。「恋を売る家」において、「沖縄的サガ」は基地に対して沈黙し続けるが、その一方で母から娘へと確かに継承されていくのである。

（6）大城はヤクザを典型的なヤマト文化の産物だと考えているようである。ヤクザ、あるいはヤクザ的な他人にたかることで生計をなすような生き方は、封建的身分制度と社会の経済的豊かさという条件のなかで育まれるものであり、それがなかった沖縄ではヤクザという存在が生まれようもない。戦後、基地経済と近代的な管理社会が発達することにより、沖縄においてもヤクザが誕生するというのが大城の解釈である。

【参考文献】

鹿野政直、一九八七年、『戦後沖縄の思想像』朝日新聞社
川村湊、二〇〇〇年、『風を読む　水に書く――マイノリティー文学論』講談社
米須興文、一九七六年、「『亀甲墓』のこと」『土とふるさとの文学全集』月報一〇号、家の光協会（一九九一年、『ピロメラのうた――情報化時代における沖縄のアイデンティティ――』沖縄タイムス社（タイムス選書Ⅱ）に収載）
大野隆之、一九九九年、「大城立裕――内包される異文化――」沖縄国際大学公開講座委員会編『異文化接触と変容（沖縄国際大学公開講座8）』
大城立裕、一九七二年、『同化と異化のはざまで』潮出版社

大城立裕、一九八七年、『休息のエネルギー――アジアのなかの沖縄――』農文協（人間選書一一〇）
大城立裕、一九八九年、「番外日本人への道」『波』五月号
大城立裕、一九九七年、『光源を求めて（戦後五〇年と私）』沖縄タイムス社
大城立裕、一九九八年、「『地域』から普遍へ――三部作「戦争と文化」を書き終えて」『新潮』六月号
大城立裕、二〇〇二年、「文学は思想の象徴――三つの三部作と沖縄の歴史、私の文学――」『民主文学』No.559
太田好信、二〇〇一年、『民族誌的近代への介入――文化を語る権利は誰にあるのか――』人文書院
岡本恵徳、一九八一年、『現代沖縄の文学と思想』沖縄タイムス社（タイムス選書一二）
新城郁夫、二〇〇三年、『沖縄文学という企て――葛藤する言語・身体・記憶』インパクト出版会
武田信明、一九九八年、「『沖縄』であることと、あまりに『沖縄』であること」『群像』第七号
武山梅乗、二〇〇四年、「主体性をめぐる闘い――戦後〈沖縄文学〉におけるコンヴェンションの「不在」と代替としての自己準拠――」駒澤大学文学部社会学科『駒澤社会学研究』第三六号

# 第Ⅳ章　不穏でユーモラスなアイコンたち――大城立裕における沖縄表象の可能性

## 1.「普遍性」をめぐる転回

これまで何度か言及してきたように、「カクテル・パーティー」で沖縄に初の芥川賞をもたらした作家・大城立裕は、その習作期から大家となった現在に至るまで、一貫して沖縄を表象することにこだわりをもってきた作家である。「土着から普遍へ」をテーマに創作活動を続けていた大城は、自ら「戦争と文化」三部作と名づける「日の果てから」「かがやける荒野」「恋を売る家」を書き上げた後、自身の創作上の表現が地域的特性という表層から普遍的テーマという深層へ届いたことを確信したという(1)。三部作最後の作品である「恋を売る家」から十数年が経過した現在も、大城は旺盛ともいえる創作活動を継続しているが(2)、「戦争と文化」三部作を転機として、大城の沖縄表象は大きく変っていったといえよう。

ここではまず大城が到達したという「普遍」の意味について問題提起を行うことにする。それから、大城が沖縄を表象する上で最も重要なものの一つとして考えている、主として女性たちによって担われてきた沖縄の民俗的な信仰についての表象を、ユタのそれを中心に分析し、「戦争と文化」三部作を転機に大城の沖縄表象がどのように変ったのかを詳細に検討してみる。結論を先取りすれば、大城の沖縄表象における最大の変化は、彼が自ら構築し、そして同時に自らを縛りつけていた〈沖縄〉という予定調和的な物語から解き放たれ、その沖縄なるものを相対化し始めたことであろう。大城が精巧に構築し続けてきた〈沖縄〉という予定調和的な物語を攪乱するのは、「不穏でユーモラスなアイコンたち」とでもよぶべき登場人物である。不穏でユーモラスなアイコンたち、大城のその新しい創作作法のなかに、現在において沖縄を表象する可能性を探ってみたい。

## (1)「戦争と文化」三部作における〈オバァ〉超え

作家・大城立裕は「戦争と文化」三部作において、沖縄における「戦後」を戦争によって破壊されつくした社会システムの復興過程としてとらえ、その復興に沖縄の基層文化、とりわけ女性によって担われているその力がどう貢献したのか、あるいは貢献しなかったのかを問おうとしたという。大城の企図する通り、「戦争と文化」三部作はどの作品も、人間生活を破壊もしくは堕落させるものとしての戦争あるいはそれを象徴する基地と、それに対抗する力として主に女性によって担われている沖縄の基層文化を描き、両者の拮抗を軸に物語が編まれている。たとえば、沖縄戦を真正面から扱った「日の果てから」では、戦争が沖縄における新旧の秩序を徹底的に破壊するのであるが、その破壊よりも神屋仁松や初子といった生き残った人々の「蘇り」が物語の主要なテーマとなっていて、その蘇りにおいて重要な意味を担わされているのが、霊威《せじ》の高い泉井戸や御嶽《うたき》といった沖縄の基層文化を象徴するアイテムなのである。しかし、「戦争と文化」三部作において、沖縄の基層的な文化は、戦争（またはその象徴としての基地の存在）に対抗できるだけの力を常に発揮できるわけではなく、むしろ後の二つの作品では、前者は後者に完膚なきまでに打ち負かされてしまう。たとえば「恋を売る家」に登場する福元家は神女殿内《のろどんち》、すなわち沖縄の伝統的（宗教的）な秩序のなかで格式の高いノロの家柄であるが、基地が存在することによってなすすべもなく貶められ、沖縄における民俗の象徴である（と大城が考える）〈オバァ〉のミトは失意のうちに癌によって憤死する運命を与えられている。そのように、「戦争と文化」三部作では、沖縄の基層文化が基地経済を軸に復興した社会システムの前にまるで無力な存在として描かれている。大城の問いに即していえば、沖縄の女性的な基層文化は、戦後の社会システムの復興にあまり貢献することがなかったのだといえる。「戦争と文化」三部作で、大城は沖縄の戦後をそのようなものとして描いているのである。

しかし、この結論のつけ方は、これまで大城がいたるところで表明してきた沖縄文化論を知る者にとってはいささか意外な展開であるといえよう。大城はこれまで、基層的な沖縄文化を「ソフトな文化」「やさしさの文化」として理解し、ヤマトの「ハードな文化」や近代主義との相克の過程のなかで沖縄の文化問題を認識してきたからである。そして、そのような沖縄の文化は、決してヤマト文化やヤマト文化の大きな特徴である近代主義に呑みこまれることなく、いずれはヤマトの創造的発展に大きな影響を及ぼすだろうことを繰り返し主張してきたのである。(3) ところが「戦争と文化」三部作で大城が描いてみせたのは、ヤマトないしは近代主義をあらわす沖縄戦や基地に対する沖縄の基層文化の一方的ともいえる敗北なのである。

さらに怪訝なことは、基地経済を軸に復興した社会システムの前に沖縄の基層文化はまるで無力であったという従来の自身の文化論を覆すようなこの結末に、大城が一定の満足を示しているということである。大城は、「戦争と文化」三部作を書き上げた後、自らの創作上の表現が地域的特性という表層から普遍的テーマという深層へ届いたことを確信したという。なぜ大城がそう考えたかについては、第Ⅲ章で詳しく論じてあるので、ここでは要点だけを整理するにとどめるが、一つには「亀甲墓」以来大城が好んで描き続けてきた、沖縄の「やさしさ文化」を表象する〈オバァ〉に代えて、基地文化、ヤマト文化、沖縄の基層文化が混在する戦後状況のなかで、多元的な現実の間を複数のアイデンティティをもってスィッチングする新しい女性像、異種混交的な存在としての女性、たとえば「かがやける荒野」の純子や「恋を売る家」の朝子などを十全に描ききったことがあげられる。

また、二つには、大城が創作の方法を変更することで、それまで彼を縛っていたものから自由になれたことを指摘することができるだろう。大城はこれまで「人間の内的な葛藤を異なった人格の関連と構造に代置する」という戯曲的方法を用いて作品を創作することが多かった。とりわけ、それは〈沖縄〉という主体を浮上させる際に多用されている。たとえば、芥川賞受賞作である「カクテル・パーティー」では、アメリカ、ヤマト、中国、沖縄という四つの立場が、ミラー、小川、孫、私（お前）という四人の登場人物の人格に投影され、その方法によって国際親善の欺瞞と〈沖縄〉の加害者性を暴き出すことに成功しているのである。しかし、他方でその戯曲的な方法によって、大城の作品やそこで表象される〈沖縄〉はあまりにも構造的で平板であり、大城の理念の分身である登場人物は作者によって操られるだけの存在であって魅力に欠けるという批判を受けてきたのである。ところが、「戦争と文化」三部作ではこの戯曲的方法がはっきりと目に見える形では採用されていない。それは、沖縄の複雑で多様な現実を描くのにそれまでの戯曲的な方法が通用しなくなったこと、そして、それまでの沖縄を表象する方法をあえて捨てることで、逆に沖縄の現実を活写できるようになったことを意味するのではないだろうか。そのことによっても、大城は、自らの創作上の表現が普遍的テーマという深層へ届いたことを確信したのであろう。〈オバァ〉という沖縄の土俗的素材、他者のまなざしから沖縄という自己像を構築するという戯曲的方法を捨てることで、大城は自らが築き上げるのと同時に自らを束縛していた〈沖縄〉から自由になれたのだともいえる。(4)

## (2) 本質主義的な文化の〈語り〉

ところで、加藤宏は「カクテル・パーティー」と「亀甲墓」という大城の初期を代表する二つのテクスト及びそれらに対する大城自身の言説の分析から、大城が表明する「文学的な普遍性」が何を指し示すのかについての解明を試みている。すなわち、あるテクストが文学的普遍性をもつためには、一つにはそれが状況や政治から自律する価値をもっていなければならない、二つにはそれが神話(文化の深層にある永遠に不変の「本質的な」民族の魂の結晶化したもの)的な要素を備えていなければならない、と大城が考えているというのだ。加藤はこの大城の文学観から、大城の文化表象、とりわけ「亀甲墓」に典型的にみられるそれを本質主義的であると評価している。(5) 確かに大城の批評言説に頻繁に登場する「普遍性」の説明は、沖縄における「純粋で時間を超えて継承される文化」、あるいは「社会プロセスとは独立した文化」の存在を仮定しており、その意味で本質主義的であるといえよう。

太田好信は、J・クリフォードにならい、文化を消えゆくものとして語ろうとする本質主義者たちの〈語り〉を「エントロピック（entropic）な語り口」とよんでいる。議論を「戦争と文化」三部作に戻せば、純粋かつ真正な沖縄文化がアメリカによる占領と本土化によって危機にさらされているという「エントロピックな語り口」として「戦争と文化」三部作の結末を読むのであれば、三部作の結末のつけ方と大城の沖縄文化についての〈語り〉が本質的に「本質主義的」であることの間につながりを見つけ出すことができるかもしれない。しかし、それでもそうすることにはやはり無理があると言わねばならない。なぜなら、少し前に説明したような沖縄文化論を展開してきた大城が、沖縄文化を消えゆくものとして語りそれを憂慮する「エントロピックな語り口」に満足を示すとは考えられないからである。大城は、「戦争と文化」三部作において、ヤマトや近代主義を表象する沖縄戦や基地に対する沖縄の基層文化の完全な敗北を描き、そのことによって自らの表現が「普遍」に達したと確信しているのだが、その確信と、大城が過去に示していた沖縄文化に対する理解には大きなズレがあるだろう。そのズレに目を向けてみる必要があるのではないだろうか。

さて、我部聖は、大城の普遍性への認識や「土着から普遍へ」という創作上のテーマが、沖縄の日本復帰を目前にした状況のなかでイェイツ研究の第一人者である米須興文との関係のなかで形づくられていったこと、それら一連の〈語り〉を主導したのは米須の方であり、「文化的な問題」から沖縄をみようという意図をもったこの客観中立的な分析者としての〈語り〉は、文化のとらえ方という点において、大城を含む「自らを語ることを通して沖縄を語っていた当時の論者たち」と大きく違っていたことを指摘している。この大城―米須の「被植民地の男たちによる共犯関係」は、政治的なものが求められるなかで文化を語ること、あるいは沖縄を「女性化」して語ることを通じて、様々な形で抑圧を受けている人たちが抱える問題（たとえば、米兵による女性への性犯罪）を隠蔽するのだと我部はいう。我部の論考のなかで注目すべきは、米須の「亀甲墓」論は「亀甲墓」の読みの規範となるだけでなく、沖縄文学の規範を定義づけたという指摘であろう。たとえば、わたしたちの間では「亀甲墓」のウシを「沖縄の家庭における安定感のよりどころ」である〈オバァ〉として読むのが〈慣例〉になっているが、そう読んでしまうことで、「浮気した先夫に追い出されたために、『骨のあずけどころ』を求めて善徳の後妻となったウシ」、すなわち血縁や男性を中心とする制度のなかで抑圧されている女性という部分が隠されてしまうことを我部は指摘する。

この我部の論考を、大城—米須の共犯関係を糾弾するものというよりも、沖縄文学を相対化する一つの視点を提示するものとして読んでみたい。大城の「亀甲墓」には米須の〈読み〉とは別の〈読み〉が隠されており、その別の読みが前景に押し出されることによって、「亀甲墓」を規範《キャノン》とするような〈沖縄文学〉とはまた別の沖縄文学が生起する可能性があるのだ。そこで大城が（あるいは米須が）沖縄文化の深層にあるものとみなす「沖縄人の死生観」、具体的には主として女性たちの手によって担われてきた（いる）沖縄の民俗的な信仰が大城作品のなかでどのように表象され、それがどのように変っていったのかを、「戦争と文化」三部作以前と、その後の作品を追うことで詳細に分析してみたい。「戦争と文化」三部作を書き終えた際の大城の宣言によれば、それより後に書かれた作品で大城は「モチーフの束縛から解放されながら、自然体で土着と普遍をつなぐ自由な表現へ向かって」いったはずだからである。

## 2. ユタを表象すること

### (1) 基層への憧憬

沖縄の民俗的な信仰を表象するものとして巫女は多くの映画や文学作品において取り上げられてきた。沖縄におけるシャーマニズムの表象を分析した塩月亮子によれば、一九六〇年代から七〇年代にかけて製作された沖縄を舞台とした映画では、共同体の神事を司るノロなどの神人《カミンチュ》が好んで描かれたが、一九八〇年代末以降、沖縄社会における共同体の崩壊や個人化が進展したこと、反近代や反西欧の動き、「癒し」ブームなどの社会的背景と呼応して、個人的な占いや病気治療をおこなう民間巫女であるユタを主人公とし、その成巫過程や憑依体験に焦点をあてることで新しい人間関係や救いなどを模索することを主題とする文学作品が現れるようになったという。

大城作品においてもノロやユタは度々登場する。しかし、それらの作品を通読するなら、大城のアクセントの置き方がノロとユタでは大きく異なっていることに気づく。大城はノロという存在あるいは「神女殿内《のろどんち》」とよばれるその家系を沖縄の基層文化における権威の象徴として描き出す傾向にある(このことには大城自身が神女殿内の家系の出身であることが影響していると思われる)。たとえば、「日の果てから」の神屋家のカマドや「恋を売る家」の福元家のミトがその典型である。両者とも地域社会における民俗信仰の象徴であるが、戦争あるいは基地によってその権威が脅かされつつある存在として描かれている。ノロが物語において重要な位置を占めている場合、大城は

「エントロピックな語り口」をとっているといえよう。

ユタという存在については、たとえば「古代的な頭脳の持ち主が現代文明に従いていきかねるとき、その処理に苦しみ、価値観の分裂をきたしたあげく、アイデンティティを失った者が精神分裂病になり、一方で別の世界観を作ってそこに安住したときに、ユタになる」という説明からも、大城が必ずしも肯定的な評価をしていないことがわかる。大城がユタの内面を書いてみようと思うようになったのは、一九七〇年代の半ば、沖縄の人々の間に「復帰不安」が顕著になった頃だという。復帰によって社会制度が万事本土風に改められ、若夏国体（一九七三年）、沖縄海洋博（一九七五年）などの沖縄「復帰」を記念するイベントが立て続けに開催された。それらのイベント開催にあわせて本土資本が流入し開発が進む一方で、県民にとって最も重要な懸案事項である基地問題は一向に解決をみない。沖縄社会がますます複雑な様相をみせる状況のなかで、慣習や生き方、「開発」に対する考え方などをめぐる沖縄と本土との食い違いが次第に顕著なものとなっていく。そのような食い違いは、大城の目に前近代（沖縄の基層的な文化）と近代（近代主義を基調とする日本、アメリカの文化）の衝突として映ったのである。「アメリカ世と現代文明のなかでの生きにくさ」を、「沖縄文化、日本文化、アメリカ文化という三つの文化パターンの坩堝のなかで、価値観が乱れたことが原因」で生み出されるユタの内面のなかに描こうとしたのが、『後生からの声』所収の「無明のまつり（一九八一年）」、「厨子甕（一九八六年）」、「迷路（一九九一年）」などのテクストである。

塩月の分析によれば、大城作品にはユタが狂乱状態となって神などの超自然的存在の姿を見たり感じたりする「神ダーリ（神がかり）」が描かれ、そのときにユタが体験する内面の葛藤や喜びが克明に描写されているのと同時に、その神ダーリがユタ本人の自覚とは別に基地の存在や開発等の社会問題とリンクするという特徴がみられるという。また、塩月は大城がユタに対して抱く「アンビバレントな感情」を指摘する。大城がユタという存在に今後の沖縄の可能性を見出す一方で、「古代的頭脳の持ち主」のような大城のユタ評にうかがえるように、「民族宗教より仏教やキリスト教の方が優れているという社会進化論的な見方」をもってユタに対してマイナスの価値づけを行っているというのだ。

実際に「迷路」[6]という作品で大城のユタ表象を確認してみよう。「迷路」に登場する松代は、「人間の姿がうすぼんやりとかすみ、チラチラと、たとえば陽炎に包まれているような」状態を感受することでひとの大きな不幸を予知でき、その際には「ひどく頭痛がしてワサワサと訳の分からない不安に満たされ」る。ユタの神ダーリを大城はそのように描いている。ある日、ホステス仲間の佐知が気管支炎を悪化させて入院するが、病院という近代的施設、患者やその家族に遵守が要求される合理的規則、そしてそこにヒヌカン（竈の神を祭る拝所）がないことなど、非合理性を徹底的に排除した病院の近代性が松代の気に障る。「きみは古代だなぁ」という恋人・玉井の松代評からもうかがえるように、松代は古代（沖縄の前近代性）を表象する存在として描かれている。ここに塩月のいう「社会進化論的な」大城のユタ観があらわれているといえよう。

病院にいても佐知の症状が悪化するばかりなのをみかねた松代は、嘉手納基地の中にある遺跡が佐知の病気を治すためのウガンジュ（拝所）であると直観し、基地の中でウグヮン[7]をさせてくれるよう政府の防衛施設局に打診してみるが、「ユタが遺跡を拝むことが適切であると認める」ことは施設局の管轄外であるとされ、その判断が県の文化財課へ委ねられる。県の文化財課は日米安保条約や関係諸法規を盾に基地内でウグヮンすることの許可をアメリカに求めることを渋り、「キリスト教なら、せめて仏教なら世界にも通用するから、アメリカにも分かってもらえて、権利を認めてもらえるんでしょうけれどもね」と責任を転嫁する。怒った松代は、洋装店を営む友だちの順子に「坊主の衣をつくって。黒い衣よ／私、頭も剃る。……そして黒い衣を着てウグヮンに行く。佐知の病気を必ず直してみせるから」とうそぶくのである。

塩月は、大城のユタ表象に「ユタの『古代』性に対する憧憬と後進性の感覚」というアンビバレンスをみる。たとえば「迷路」では、玉井は恋人・松代の「古代」性に大きな魅力を感じているが、同時に松代が古代性をもったまま現代を生きていくことの限界にも気づいている。佐知の快癒のために看病よりもウグヮンを優先させようとする松代に対して、沖縄の基層文化を尊重していたはずの玉井は「ウグヮンも大事だろうが、それよりも病人はまず医者の言うことをよく聴いて看病しなくちゃ」と松代を諭す。その言葉に松代は少なからず傷つくのであるが、玉井の発言で示されているのは、近代合理主義にもとづく西洋医療パラダイムの民俗的な信仰に対する優位性であろう。

このユタの古代性に対する憧憬は、沖縄の復帰運動を支えた〈南島論〉諸言説とも通じている。田仲康博は、今こそ〈南島論〉諸言説から沖縄が解き放たれなければならないことを力説する。日本と沖縄は起源を同じくする、しかし日本は近代化によって古きよきものを失い沖縄にはそれが残された、基層を共有する両者の出会いは必然である、ゆるやかな時が流れ心優しき人々が住む沖縄は日本に足りない何かを補ってくれる、沖縄は日本の古層を残す場所、日本が還るべき場所であるという〈南島論〉諸言説は、他者のまなざしが築き上げた〈沖縄〉（イメージや商品として消費される「ノスタルジック・オキナワ」や「エキゾチック・オキナワ」）というコードに沖縄自らを縛りつけるイデオロギー装置になっているというのだ。だから、沖縄の脱コード化が必要なのだと田仲は主張するのであるが、この頃までの大城作品におけるユタ表象やユタをめぐる言説のなかにも、この〈南島論〉的発想がほのみえるのである。

## (2) ブリコルールとしてのユタ

しかし、モートンは、大城のユタ表象について、塩月とは別の見解を示している。モートンは、同じく「迷路」を取り上げ、「ポストコロニアルの他者」、すなわち、「戦後の植民地支配者としての役割を果たし続けるアメリカ占領軍と、植民地のなごりを守り続ける本土と沖縄のお役所との両方に対抗するレジスタンス」の記号を担わされたキャラクターとして松代を評価する。モートンのこの見解を否定するわけではないが、ここで「迷路」における松代＝ユタの表象について、モートンとは違う見方を一つ示しておきたい。なぜなら、「迷路」の松代は、大城の「戦争と文化」三部作以降の作品における沖縄のユタ表象の雛形ともなっているからである。塩月は大城がそのユタ表象において、ユタが絶えず時代に適合して生き延びてきたという事実、その「したたかさ」を見逃していることを問題視する。大城の批評言説をみる限り塩月のこの指摘は正しいのであるが、実は「迷路」のなかでも大城は、この時代に適合してしたたかに生きるユタ（＝松代）を描いているのである。

佐知が入院する病院の看護婦・芳江の制服は、松代にとって「あこがれの的でもあり、劣等感のタネ」でもある。松代にとって看護婦の制服は、松代と芳江のやりとりからも明らかなように、近代社会における秩序ないし規律、いわば近代性を象徴するものである。すなわち、「古代」と評価される松代は、近代に対する憧れと劣等感というアンビバレントな感情をもつ者として描かれているのだ。基地の中でのウグヮンをさせてほしいと懇願する松代に対して、県の文化財課の課長は、ユタが遺跡を拝むことをアメリカには理解してもらえないだろう、「……少なくても仏教なら世界にも通用するから、アメリカにも分かってもらえて、権利を認めてもらえる」かもしれないという。このとき、松代の脳裏に浮かんだのは、以前病院の窓から見えた仏僧の美しい〈制服〉（饅頭のような笠が整然とならび、その下に黒衣と白い手甲脚絆が見え隠れしていた……）であった。

それなりに堂々としていた制服を着ていれば……もし、そうであったら、玉井の死んだ現場で警官に遠慮することもなく、過ぎ去った坊主の行列に未練をもつこともなく、またあの頬のおちた文化財課長に侮られることもなく、基地のアメリカ兵も納得させて、佐知のためのウグヮンも果たし、ついでにお寺の和尚だけでは足りなかった、玉井の後生極楽のウグヮンもできたのではなかろうか……。（「迷路」『後生からの声』文藝春秋、五九頁）

そのように考えた松代は剃髪し黒衣を着た上で基地にウグヮンに行くことを宣言し、順子に僧侶の衣をつくってくれるよう頼むのである。近代社会のなかで世俗化し制度化された仏僧の衣や「坊主頭」もまた、看護師の制服と同様に、近代性をあらわす記号に他ならない。この展開は、一方では沖縄の民俗、基層文化の近代性への屈服を暗示しているかのようにも読むことができる。しかし、モートンも指摘するように、他方で大城はこのテクストの結末で、「松代が彼女に反対する勢力に必ず打ち勝つことを読者に確信させている」のである。頭を剃り、黒衣をまとってウグヮンをする松代、そうすることによってアメリカを納得させ、佐知の病気を快癒させ、居眠り運転の車にはねられて死んでしまった恋人の玉井を極楽往生させようとしている松代に対して、われわれが滑稽さとともに、勝者の矜持をみてしまうのはなぜだろうか？　おそらく、それは松代が「ブリコルール」として描かれているからなのだ。

太田は現在の沖縄が置かれている言語状況を「エントロピックな語り」のなかでとらえるのではなく、外部との接触によって起きる流用（appropriation）によって文化が創造されるという「発生の語り」でとらえることを提案する。流用とは、太田によれば、想像力を駆使し「自分たちの利益にかなうように規則を読み替える」ブリコルール（器用人）が行う文化創造であり、支配的な文化要素を取り込み、自分にとって都合のよいように配列し直し、自分の生活空間を複数化していくことである。沖縄の若者たちが大和口（標準語）とウチナー口（沖縄方言）が入り混じった「ウチナー大和口」で、本土と沖縄という文化を自由に往来し、巧みに自己のアイデンティティを操作するように、松代もまた、制度化されているがゆえに他者からの理解を得ることが可能な仏教のコード（僧侶の剃髪、黒衣）を〈流用〉することで、沖縄、日本、アメリカの三つの文化が渦巻く「異種混淆」的状況（松代自身がアメリカ人とのハーフで、見たところは完全に「アメリカー」なのであるが、着るものや考え方は「沖縄娘」という異種混淆な存在として描かれている）のなかで、上野千鶴子の言葉を借りるなら、多元的、横断的、葛藤的なアイデンティティを生き抜こうとしているのである。

### （3）ブリコルールから不穏なアイコンへ

再び「戦争と文化」三部作に目を転じると、沖縄の民俗的な信仰についての表象が、三部作最初の作品である「日の果てから」とその後の「かがやける荒野」及び「恋を売る家」の二作品では異なっていることがわかる。「日の果てから」では、神女殿内である神屋家の権威が徹底的に貶められる。宗教的権威のシンボルである神屋家の御嶽は国によって強制的に買い上げられ、神屋家の面々には、南部の戦場をさまよった果てにターラガマで火炎放射器によって焼き殺されてしまうという運命が待ちかまえている。しかし、先にもふれたように、受刑者であるがゆえに神屋家で唯一生き残った仁松や辻遊郭のジュリ（遊女）である初子が「蘇り」を確信するのは、沖縄の民俗信仰における重要アイテム（御嶽、泉井戸）との遭遇を通じてなのである。このことから、大城が沖縄の基層文化に、純粋な文化、ある土地と有機的な関係を結んでいるがゆえに真正とされる文化をみているという解釈が可能であろう。

ところが、「かがやける荒野」や「恋を売る家」における民俗的信仰の表象は「日の果てから」のそれと大きく隔たっている。その相違は、大城がユタを表象する際に最も顕著になる。「かがやける荒野」では天久純子というユタが登場する。純子は「幽霊退治」においてユタとして卓越した能力を披露するが、その一方で米軍曹長のハーニー（愛人）でもあり、ケースによってはウグヮン判示などのユタとしての能力ではなく、曹長のコネを利用して世俗的に問題解決をはかる存在として描かれている。また、「恋を売る家」に登場するユタ澄江は、御嶽で「アメリカーに乱暴された」ことが引き金となって神ダーリに陥るという成巫過程をもつが、ヤクザである弟の幸平と共謀して神女殿内である福元家の追い落とし、自らがノロ職を継承することを謀るきわめて世俗的な存在でもある。いずれの場合も、沖縄の基層文化に根をもつユタがその純粋さ、真正さに囚われず、沖縄の異種混淆的な状況のなかで巧みにアメリカ文化やヤマト文化を〈流用〉しながら、自己実現を図っていくさまが描かれているのである。

それでは「戦争と文化」三部作より後に書かれた作品において、沖縄の民俗的信仰はどのように表象されているのだろうか。「クルスと風水井《ふんしーがー》」（二〇〇一年）では、沖縄の民俗的な信仰が〈他者〉＝外国人、キリスト教の視点から相対化されている。ある日、総合商社に勤める永謙と母・茂子のもとにフィリピンのマリサから手紙が届く。永謙はマニラ駐在時にフィリピン人のスーザンと結婚し一子太朗をもうけたが、スーザンは太朗が小学校にあがった直後に病死してしまい、父子は父の故郷である沖縄に帰る。マリサはスーザンの妹で、永謙に好意を抱いていたことから、沖縄に行って太朗の世話をする役目を買って出ようというのである。マリサを永謙の後妻として期待する茂子は、ユタにマリサが沖縄に来てうまくいくかどうかの伺いをたてるが、姉スーザンの霊が邪魔をする可能性があること、そして「言葉で苦労する」という判示が出される。その判示通り、沖縄に来て二ヶ月が経過してもマリサの口から発せられるのは「ダメ」と「ダイジョーブ」という二つの単語だけである。ある日、苛めっ子たちに山羊当番を押しつけられたことをきっかけに、太朗が不登校に陥ってしまい、孫の不登校をみかねた茂子は、祈願《うがん》に出かけることを提案する。マリサも一家の祈願に同行するが、敬虔なクリスチャンであるマリサは、茂子が井戸（風水井）を信仰の対象としてそれを拝むことを理解することができないし、井戸そのものを「気味わるく」感じる。

太朗に山羊当番を押しつけた苛めっ子たちが山羊を基地の中に逃がしてしまうという事件を起こしたのをきっかけとして太朗は学校へ行くと言い出し、マリサや苛めっ子たちとともに広い基地のなかの山羊捜しに加わる。茂子は「山羊のせいで太朗が学校に行くようになった」ことをありがたいと思い、山羊のための祈願を行う。マリサは山羊が見つかるまで祈りを続けているであろう茂子に思いを及ぼし、祈願をあげる意味を少しだけ理解したような気になるのであるが、お互いに自分の気持ちを表現するにはやはり言葉が足りない。茂子は、またユタに会って、マリサが今後も日本語で苦労するかどうかを問おうと考えている。

次の作品「四十九日のアカバナー」(二〇〇三年)では、一家の不幸の原因が「先祖正し《ぐぁんす》」の間違いであるというユタの判示が物語の展開において大きな意味をもっている。トヨの一人息子宗俊は光子を嫁として迎え一子宗雄をもうけるが、宗雄が一歳にもならないうちに事故死してしまう。そして、中学生三年生になった宗雄も、トヨに買ってもらったバイクを無免許で乗り回すうちに、国道脇にある墓の石垣に激突して死んでしまう。もともとユタ好きであり、嫁に来て間もない頃、宗俊の父親である宗次郎の墓の場所に疑問をもっていた光子は、息子の死後ユタを買いに行き、「先祖正し」が間違っているという判示を受けてくる。宗次郎が亡くなったとき、トヨは宗次郎の墓を本家の亀甲墓と隣りあわせに造ろうと思い本家に打診したところ、本家の宗哲は「宗次郎はこの家の血筋を引かない」という巫女の判示を盾に宗次郎の墓を本家の墓地に造ることを拒絶したのであった。ところがこの度のユタの判示によれば、宗次郎は間違いなく宗栄の腹違いの弟であり、その骨は宗栄と同じ墓に入るべきだというのだ。宗雄の死をそのような「家の由来」と結びつけた光子は本家に出向き、「この悲しみを逃れるには、うちのお父の骨を本家の墓に納めていただくほかありません」と懇願するが、本家の宗哲に一蹴されてしまう。宗雄の四十九日の法事の席で、本家の宗哲が宗雄の死を「犬死」と決めつけたことに対してトヨは激昂する。光子とはちがって、それまでは宗次郎の骨を本家の墓に葬ってもらうことを諦めていたトヨであるが、そのことをきっかけに豹変し、本家を訪れ、宗哲にそれを強く請うのと同時に、それが不可能ならせめて犬死という言葉を取り消してくれないかと迫る。宗哲はトヨの心情を理解することができず、「問題はいよいよ袋小路《ちびかたまやー》になる」。その様子を陰で見ていた光子は「お母、もういいでない?」とトヨを宥め、そして「これはまた巫女を買わなければならない……さて、こんどはどこの巫女にしようか……」などと思いを巡らすのである。

「クルスと風水井」、「四十九日のアカバナー」に共通していえることは、一つにはそれらのテクストでは、沖縄の民俗的信仰が日常生活のなか、家庭生活のなかに閉じられたものとして描かれているということである。ユタの判示や祈願といった沖縄の民俗信仰がそれらの物語において重要な鍵を握っていることは確かである。しかし、その信仰は社会問題とリンクせずに、もっぱら日常生活、家庭生活といった私的な領域にとどめおかれている。「恋を売る家」までの大城作品では、塩月が指摘するように、民俗的な信仰の問題は沖縄の社会問題とリンクしていた。たとえば、「迷路」の松代の祈願は、基地問題へとつながっていくし、「かがやける荒野」における純子の幽霊退治のエピソードは沖縄戦の記憶と結びつけられている。しかし、この二つの作品では、その社会的な問題へのリンクが欠けているのだ。

また、二つには、(大城がこれまで描いてきた)沖縄における純粋な民俗的信仰と、両テクストにおいて登場する女性たちの信仰との間には微妙なズレがみられるということが指摘できるだろう。「クルスと風水井」のマリサはクリスチャンであり、沖縄の先祖崇拝には共感を示すものの、民俗的な信仰において重要なアイテムである風水井に〈神が宿っている〉ことが信じられず、井戸そのものを不気味なものとして感知している。「四十九日のアカバナー」のトヨはユタに盲従するつもりはないことをきっぱりと宣言するし、ユタ好きで「ユタ買い」を頻繁にする嫁の光子は、自己本位的にユタを選択し、その判示を自由に読み替えるのである。

そこでは、沖縄における純粋で真正な信仰に対する不穏な動きが表象されている。物語に登場する女性たちは純粋に民俗的信仰にコミットしているのではない。女性たちは民俗的な信仰を客体化し、流用する。しかし、そのような文化の流用によって物語の結末が円満に閉じられるかといえば、どちらの作品ともそうはなっていない。大城はこの二作品において、日常生活のなかで沖縄の民俗的な信仰を巧みにアレンジして生きる女性たちとそのアレンジの限界を描き出しているといえよう。物語は、滑稽さを滲ませつつも、不穏なまま閉じられてしまうのである。そして、その不穏な動きは、「天女の幽霊」に登場するユタ・今帰仁美也子に引き継がれてゆく。

## 3．不穏でユーモラスなアイコンたち

### (1) 真正《オーセンティック》なユタ／偽者《フェイク》のユタ

「天女の幽霊」（二〇〇六年）で大城の関心は再度ユタに向かう。少し長くなるが、簡単に「天女の幽霊」のあらすじを追っておくことにする。居酒屋《さってぃむ》（※さてさてと呆れる意味の沖縄方言）の若いママである綾子は、最後に残った肉親である姉を交通事故で喪った高校三年の時に先祖とおぼしき声（「御元祖の祀りも大事だが、世間さまのためになることを務めよ」）を聞き、そして世のためになる祈願だけを務めるユタとなった。ある日、綾子は居酒屋を始めるときに助けて

くれた一級建築士の浦添から新都心の「銘苅《めかる》墓の近く、センチュリーマンション」の西隣の空き地に現れるという幽霊を斥ける祈願を依頼される。「大小さまざまなビルのあいだに、これも大小さまざまな空き地があって、それが将来どのように塡められていくか、予想がつかない」新都心に幽霊現ると聞いて、登場人物の誰もが思い浮かべたのは日本兵の幽霊である。なぜなら、新都心が何よりも「激戦を極めた沖縄戦のなかでもそのまた激戦地」であったという空間性をもつからである。ところがそこに現れたのは日本兵の幽霊ではなく、古典劇「銘苅子《めかるしー》」に登場する天女の幽霊だというのだ。それが天女の幽霊であると言い出したのは、綾子との因縁浅からぬユタ・今帰仁美也子である。綾子は、今帰仁のユタとしての技量に対しては敬服の念を禁じえないものの、そのしたたかさから彼女を「偽巫女《ゆた》」と見ており、天女の幽霊が今帰仁の手による創作であることを疑う。

ここで注意しておきたいのは、このユタという存在をめぐる物語が真正なユタ―偽者のユタという二項対立を軸として編まれているということである。綾子が自身を真正なユタとし今帰仁を偽者と決めつけるのは、前者が「世間さまのために」、いわば公益のために私利私欲を離れたところでユタとしての技術を駆使するのに対して、後者の場合、〈結果的に「世間さまのために」なることはあるにしても〉私的で功利的でさえある動機にもとづいてユタとしての能力が動員されているという理由からなのである。

浦添や建築主である南風原の依頼を受け、天女が水浴びをしたとされる「シグルク井《がー》」で祈願を始めた綾子は、やがて「自分の祈りに応える霊の姿が見えず、声が聞こえず、なんらの気配も覚えない」という事態に狼狽し、「真正の巫を自負してきた自分が、もはや新都心には受け入れられないのか」と落胆する。綾子はユタとして霊の声を聞く、死者の記憶を読むことができる〈存在として設定されている）。しかし、新都心のシグルク井での祈願においては、霊の声を聞き死者の記憶を読むことがかなわず、依頼主に「天女はいません」と答えることしかできなかった。そのことが（それは綾子が「真正の能力をもった巫女《ゆた》であることの証」でもあるのだが）綾子に敗北感をかみしめさせ、自分は「新都心では受け入れられないのか」という迷いを抱かせる。綾子にそのような屈辱を与えるのは、もう一人のユタ・今帰仁美也子である。綾子が思いを寄せる新聞記者の豊見城悠三は、綾子の依頼を受けて今帰仁の正体を探ろうとする。豊見城に問い詰められた今帰仁はあっさりと国際通りにある美里宝石店の新都心進出の企みを白状する。しかもどうみても世俗的で功利的ですらあるその企みが「神の寄せ言」であると言い切る今帰仁に対して、豊見城は一言も発することができない。今帰仁は新都心でユタとしての技量を十二分に発揮する一方で、「天女の幽霊が出る」という予言によって世俗的かつ功利的な成功をもおさめようとする（美里宝石店の新都心進出を支援する）「偽巫女」として描かれている。

作中、今帰仁は美也子という名前が「ペンネーム」であると言い、その存在自体がフィクションであることを自らほのめかしもする。いわばこの物語は、真正か偽者かという二項対立に加えて、リアルな存在かフィクションかという二項対立によっても構造化されているのである。

自分の霊能に対する自信が揺らいでいる綾子に対して、豊見城は教育庁で調べてきた新事実、シグルク井が「銘苅子」の天女の井戸ではなく、本物の井戸は見つかっていないことを告げる。職業的なプライドを傷つけられ、今帰仁に会って「なぜ、あのような出鱈目を言うのか」と詰問しようとする綾子に対して、豊見城は言う「新都心の空地のすべてに建物が塡まるまでは、幽霊のデマが滅びることはあるまい。その経過を待ってよいではないか」と。そのように、「天女の幽霊」では、純粋かつ真正でリアルな沖縄の民俗信仰（綾子）と新都心で暗躍する不純かつフィクショナルな偽の信仰（今帰仁）との対立を軸に物語が展開し、前者が後者に完膚なきまでに叩きのめされてしまうという結末が示されているのである。

## (2) 新都心、そして不穏なアイコンたち

なぜ、真正なユタであるはずの綾子が不純な偽者に勝てないのか。その答えは〈新都心〉のもつ空間性に隠れている。綾子は、シグルク井で祈願を始めようとするまさにその時、浦添に向かって問いかける。

「天女って、ウチナーグチ（沖縄語）でどう言いますかねえ?」／「なに?」／浦添にとっても南風原さんにとっても、このような質問など突飛すぎるというものであった。／「そのままでいいんでない?」／「新都心だから」／二人が調子をあわせるように答えて、顔を見合わせた。……十分の自信はないが恕してもらえるのではないか。というわけで、浦添が付け足しのように呟いた。／「新都心という言葉だって、とくに沖縄語はないのだから」（「天女の幽霊」『新潮』二〇〇六年八月号、九五―九六頁）

物語の背景となる新都心について、「天女の幽霊」の登場人物たちは沖縄（ウチナー）とは切り離された人工的な場所であるという認識をもっている。だから、新都心での祈願には必ずしも沖縄語（ウチナーグチ）が必要とされないし、そこに登場する幽霊が「銘苅子」という古典劇の世界に

登場する天女というきわめて「突飛な」、そして創作的な形をとることにも違和感をもたないのである。また、新都心は単に人工的な場所であるというのにとどまらない。大城は新都心を、人々が伝統や生活についての記憶を語ることができない場として描いている。本物の天女の井戸が見つからない限り祈願をあげようもないと嘆く綾子は、豊見城にいつから本物の井戸が見つかっていないのかと訊ねる。

「さあ。戦前の銘苅部落時代からなのか、新都心になってからなのか……」／悠三はそれ以上を言えない。これだけを言ったとたんに、戦争と新都心がいろいろさまざまなものを呑みつくして見えなくしたのだ、と覚った。……その六十年間の事情が自信に満ちた真正の巫女の眼をも眩ましたのだから、恐ろしい。（「天女の幽霊」『新潮』二〇〇六年八月号、一〇四頁）

記憶を語ることができない場所としての新都心を最も強く意識しえたのは、「真正の巫女」であることを自負する綾子であろう。新都心の、シグルク井での祈願においては、「自分の祈りに応える霊の姿が見えず、声が聞こえず、なんらの気配も覚え」ず、依頼主に「天女はいません」と答えるしかなかった。これに対してもう一人の巫女・今帰仁は新都心という人工的な空間にモザイク状に散乱している多種多様な記憶の断片、多重に層をなす死者たちの声を巧みに語りなおすことで聖俗両面での成功を収めようとしている「勝者」であるといえる。新都心という場所で有効になるのは、今帰仁美也子のようなフィクショナルな存在によって、その時その場所その相手に応じて語りなおされる、「天女の幽霊」のようなフェイクな記憶だけなのである。いわば新都心―今帰仁美也子――「天女の幽霊」は相同的な存在であるともいえる。

新都心をそのような場所としてみなす大城の視線は、たとえば、同じこの土地に沖縄の抱える構造的な矛盾を〈読む〉仲里効の視線となんと大きく異なっていることだろう。仲里はこの土地が、沖縄戦の激戦地であったこと、「土地収用令」の適用第一号として強制接収され米軍の家族用住宅であったこと、そして新都心として再開発の対象となり「〝格差〟を象徴する街(8)」へと変貌しつつあることを強い怒りとともに告発する。その一方で、大城の「天女の幽霊」では、この土地の来歴が以下のように簡単に示されるにとどめられている。

> 戦前に上之屋、天久、銘苅という三つの集落があり、それを畑がひろびろと取り巻いていた。それらがすべて戦争で焼けつくしたあと、三つの集落もはじめから無かったもののように、そこに米軍住宅という基地が居座って家族部隊とよばれたが、二十数年前にその基地が撤去されて六十四万坪の土地が返還されるや、行政はそこに那覇市の新都心を計画した（「天女の幽霊」『新潮』二〇〇六年八月号、八二頁）。

しかし、「天女の幽霊」において、大城は沖縄戦、米軍統治、グローバリズム、植民地主義などを介して沖縄が被った様々な暴力を隠蔽しているのでは決してない。作中で「戦争と新都心がいろいろさまざまなものを呑みつくして見えなくしたのだ」と豊見城に語らせているように、真正なユタである綾子が記憶を語ることができないのは沖縄に発動された様々な暴力の帰結である。それを無視することはできないし、してはいけない。ただ、新都心の、「大小さまざまなビル」に仲里が国内植民地、「第三世界」を見ているのに対して、大城は同じ新都心の「大小さまざまな空地」に何か新しいものを生み出すような混沌を見ているのである。どちらも間違ってはいない。太田が大城の「沖縄で日本人になること」という一見ナショナルな問いかけの中に、暴力による文化の崩壊を語る「悲劇のプロット」と暴力の中から生まれるもう一つの文化の可能性を語る「喜劇のプロット」を二重読みしたように、われわれは「天女の幽霊」のなかに真正な文化が暴力によって脅かされ危機的状況にあるという物語と、暴力を乗り越え多様性に向かって開かれた文化が「いま、ここで」生成されつつあるという物語を読むことができる。後者を象徴するのはもちろん今帰仁美也子というキャラクターである。

大城は政治的な複雑さや文化的な特殊性を内包する〈沖縄〉という問題を、沖縄の日本復帰以前、芥川賞を受賞する一〇年以上も前から本土の読者が読んでもわかるようなテクストに翻訳することに腐心してきた作家である。先にもふれたが、大城は「戦争と文化」三部作の途中まで、とりわけ〈沖縄〉を表象する際に、自身の理念を登場人物のキャラクターに反映させる戯曲的な方法を多用してきた。いわば大城の造形による登場人物たちはある種のアイコン（icon）の役目を果たしたのであり、そのアイコンによって大城はプログラムの内容（たとえば〈沖縄〉とは何であるのか）を読者にわかりやすく示そうとしてきたのである。一方でその手法を用いた大城作品は、必然的に構造的なものとなり、時にあまりにも構造的にすぎるその特徴が平板であるとの批判も受けてきた。しかし、「かがやける荒野」以降の大城作品では、プログラムの内容をわかりやすく伝える「素直な」アイコンが姿を消し、物語の予定調和的な構造に対して絶えず不穏な動きをみせるアイコンたちがしばしば登場するようになる。

「かがやける荒野」の冒頭部分で、記憶を失っていたヨシ子（節子）の枕元に兵隊の服装をした幽霊が立つ。ヨシ子は（そしてそれを読んだ読者も）それが父の幽霊ではないかと疑う。しかしユタ天久純子のウガヮンによって、それはヨシ子とは（そして物語の展開とも）無関係なヤマト兵の霊であることが判明する。「恋を売る家」の安良川幸平は軍作業での疎外経験からヤクザになるのだが、ユタである姉の澄江と沖縄的な姉弟愛で固く結ばれ、ともに吉浦部落の神女殿内である福元家を追い落とそうとする。大城はヤクザをヤマト文化を象徴するものとしてみているのだが、なぜヤクザの幸平が、これも「アメリカー」に対して恨みをもつ姉の澄江と手を組み、地域における民俗信仰の権威である福元家を執拗なまで追い込もうとするのかは解読することができない。そして、今帰仁美也子。物語に不穏な空気を醸しつつ、どこか憎めない愛嬌たっぷりのアイコンたちは、大城が一方で精巧に構築した物語を他方で脱構築してゆく役割を与えられているのである。

「不穏でユーモラスなアイコンたち」は、物語に不穏な空気を醸し、物語を攪乱し、時に物語をバラバラに解体してしまう。田仲も指摘するように、現在の沖縄において最も望まれている文化表象とは、沖縄の純粋で真正とされる文化について語ることでも、文化における異種混淆的な状況を饒舌に描き切ることでもなく、ひたすら「物語らないこと」であろう。「分かりやすい説明にあえて異議をとなえ、押し付けられたアイデンティティを拒み、予定調和的で居心地のいいイメージ世界へ誘う声を拒否する」ところに現在における沖縄の現実《リアル》が見つけ出せるのかもしれない。「不穏でユーモラスなアイコンたち」という創作作法によって大城はその地点に到達しつつある。リアリズム小説家として大城はまた一歩先へと進むのである。

【注】

（1）大城は三部作「戦争と文化」最後の作品である「恋を売る家」のあとがきで下のように述べている。

歴史や民俗を書くとは、往々にして己のみにこだわりがちですが、それがゆくゆくは他をも巻き込んで、普遍性の領域に足をのばさないではおれないものでしょう。ただ、その地点はそう遠いものではありませんでした。……（「日の果てから」「かがやける荒野」を書き上げて＝引用者）ようやく絵解きを脱け、テーマも「沖縄」に止まることを拒否するようになった、と自覚しています。／戦争が終わったように見えて実は、慢性的な占領体制という形で影をひきずった。しかもその体制は、人間を変え、文化を変えるというモデルケースになり得たことで、ある普遍性をもちえたのではないか、と思います。戦争による崩壊からどの程度蘇り得たか、という問いも含んでいましょう。その理解から、この第三部『恋を売る家』は生まれました。……三七年かかって沖縄の歴史と文化を一応卒業し、それが同時に普遍的な世界を見せることになったかというところで、私自身の齢が古希をこえ、これからは余命のなかに自由なテーマが待っている、と考えてよいことになりましょうか。

また、「『地域』から普遍へ―三部作「戦争と文化」を書き終えて―」というエッセイにおいても、大城は「『日の果てから』以下三部作の総タイトルが「戦争と文化」という「沖縄」抜きの言葉になったのは、イメージの深層に表現が届いたことの、無意識のあらわれであるようにも思われる」と述べている。

（2）「恋を売る家」よりも後の作品で、ここで取り上げたテクストは、「クルスと風水井《ふんしーがー》」（『群像』二〇〇一年九月号）「四十九日のアカバナー」（『群像』二〇〇三年一〇月号）、「天女の幽霊」（『新潮』二〇〇六年八月号）である。また、ここで取り上げたもの以外には、『水の盛装』朝日新聞社（二〇〇〇年）、「モノレールのはしる街で（一～一〇）」（『GYROS』三号～一二号、二〇〇四～二〇〇五年）、「窓」（『群像』二〇〇四年一一月号)、「まだか」(『新潮』二〇〇五年三月号)、「首里城下町線」(『新潮』二〇〇八年二月号)、「あれが久米大通りか」(『新潮』二〇〇八年一二月号)、「幻影のゆくえ」(『新潮』二〇一〇年九月号)、『普天間よ』新潮社(二〇一一年)などの大城作品がある。

(3)それは、たとえば大城の次のような発言のなかに明確に読み取ることができる。

　草の根の庶民の子弟たちが、ヤマトへ就職に渡って挫折しつつある現実を目下の歴史的問題として考えたい。……生活のなかで深くヤマトの影響を受けながら、ヤマト的なものにアレルギーを感じて挫折する、ということほど悲劇的な矛盾はない。……この矛盾を断ち切ることが、つまり歴史的宿題の解決ということになるが、それには「沖縄の個性を生かし、日本の文化創造に寄与する」ことに他ならない、と考える。……あたらしい文化財をつくる努力が必要である。ヤマトでは生みだしえない文化的創造をなすことで。沖縄なしには日本文化を考えられないようにすることである(『沖縄、晴れた日に』家の光協会、一九七七年、九一―九二頁)。

(4)ただし、二〇一一年に出版された『普天間よ』(新潮社)の書下ろしの表題作では、〈オバァ〉や戯曲的方法が復活しているようにみえる。「追い出されて住み着いた偽物の新城部落に、爆音に熟《な》れながら安住しているし、それでいながら、無理にも鼈甲の櫛を飛行場から掘り出そうとするし、それができなければ、悠々とこうして帰途につくし、このような図太さが自分にあるだろうか」と主人公の女性に自問させる祖母は紛れもなく大城的な〈オバァ〉である。また、「普天間よ」では、大城が過去に多用してきた戯曲的な方法も目に見える形で復活している。基地に対して「憎しみの影」をみせない祖母やそのスタンスを基地との戦いの見本として継承しようとする孫の私という軸に対して、基地問題に真正面から立ち向って挫折したり左遷されたりする男たち(主人公の父や平安名《へんな》究《ただし》)をもう一方の軸に配するといった具合に、基地をめぐる二つの立場が女たち、男たちにそれぞれ投影されているのである。

（5）戦後の沖縄文学を制度として読み解こうとする加藤は、大城を戦後沖縄文学における規範《キャノン》を創造した作家として位置づけ、彼が文学の自律やその普遍性を重視し、リアリズムの手法をもって、沖縄の多元的な現実、戦争や基地、土俗的な文化やその精神などを表象しようとした作家であると評価している。加藤は続けて、大城が「亀甲墓」で提示した「基層文化」という主題が又吉栄喜の「豚の報い」で反復されていること、そして又吉はそれを反復しつつも、基層文化を〈アレンジする〉ことにより、大城の文化表象にうかがえるような本質主義に陥ることを回避していると指摘する。

（6）「迷路」は『文學界』一九九一年六月号初出で、同じくユタをテーマとした「無明のまつり」、「厨子甕」、「巫道」とともに『後生からの声』（文藝春秋、一九九二年）に収められた。本稿では、『後生からの声』所収のものを参照した。

（7）ウグヮンとは、ウガミ（拝み）の転訛した語で、神霊や祖先に対する儀礼や供養のことで、一般的には「ウガン」あるいは「御願」と表記されることが多い。最近の大城の作品では「祈願《うがん》」と表記されることが多い。本書では、取り上げた作品における表記をそのまま用いている。

（8）仲里は、新都心にステータスを象徴する〈高さ〉と〈セキュリティ〉を売り文句にして建設されているマンションの、高層階の購入者の半数は本土在住者であること、半数の県内在住者も資産運用を兼ねてマンションを購入すること、そしてその一方で、その同じ場所が那覇署管内の犯罪認知件数でナンバーワンであること、そこから至近のハローワーク那覇には連日職を求める人たちがあふれていることなどあげ、新都心が「第三世界」、「格差を象徴する街」であることを鋭く指摘している。

【参考文献】

我部聖、二〇〇四年、「大城立裕をめぐる批評言語のポリティクス――米須興文の言説を中心に――」琉球大学大学院人文社会科学研究科国際言語文化専攻琉球アジア文化領域『琉球アジア社会文化研究』第七号
リース・モートン　二〇〇五年、「大城立裕の小説に見るポストコロニアルの他者としてのユタ」、沖縄学研究所『沖縄学（沖縄学研究所紀要）』第八号
加藤宏、二〇一〇年、「戦後沖縄文学における表象の継承と転換―大城立裕・目取真俊・又吉栄喜の小説から―」、加藤宏・武山梅乗編『戦後・小説・沖縄――文学が語る「島」の現実――』鼎書房
鹿野政直、一九八七年、『戦後沖縄の思想像』朝日新聞社
川村湊、二〇〇〇年、『風を読む　水に書く――マイノリティー文学論』講談社
仲里効、二〇〇七年、「『神々の死』の果てに―『グローバリズムと沖縄』―」『すばる』二九（二）
大城立裕、一九七三年、「文化史の新しい時代」『琉球新報』五月一五日（一九七七年『沖縄、晴れた日に』家の光協会に収載）
大城立裕、一九九七年、『光源を求めて―戦後五〇年と私―』沖縄タイムス社
大城立裕、一九九八年、「あとがき」、『恋を売る家』新潮社
大城立裕、一九九八年、「『地域』から普遍へ――三部作『戦争と文化』を書き終えて――」、『新潮』六月号
大城立裕、二〇〇〇年、「著者から読者へ――歴史のなかの戦争」、『日の果てから』講談社（講談社文芸文庫）
大野隆之、一九九九年、「大城立裕――内包される異文化――」、沖縄国際大学公開講座委員会編『異文化接触と変容（沖縄国際大学公開講座8）』
太田好信、一九九八年、『トランスポジションの思想』世界思想社

太田好信、二〇〇一年、『民族誌的近代への介入――文化を語る権利は誰にあるのか――』人文書院
岡本恵徳、一九八一年、『現代沖縄の文学と思想』沖縄タイムス社
塩月亮子、二〇〇二年、「表象としてのシャーマニズム」、慶應義塾大学三田哲学会『哲學』第一〇七集
塩月亮子、二〇一〇年、「再魔術化する世界と現代沖縄文学――「シャーマニズム文学」の諸相――」、加藤宏・武山梅乗編『戦後・小説・沖縄――文学が語る「島」の現実――』鼎書房
武田信明、一九九八年、「『沖縄』であることと、あまりに『沖縄』であること」『群像』第七号
田仲康博、二〇一〇年、『風景の裂け目　沖縄、占領の今』せりか書房
上野千鶴子（編）、二〇〇五年、『脱アイデンティティ』勁草書房
渡邊欣雄他、二〇〇八年、『沖縄民俗辞典』吉川弘文館

第Ⅳ章　不穏でユーモラスなアイコンたち——大城立裕における沖縄表象の可能性

# 第Ⅴ章　パノラマからレイヤーへ――大城立裕による沖縄戦の表象

## 1．沖縄戦を表象すること

### （1）〈沖縄〉のうめきを描く

大城の最近の作品として、「首里城下町線」（二〇〇八年）、「あれが久米大通りか」（二〇〇八年）、「幻影のゆくえ」（二〇一〇年）など『新潮』に掲載された一連の短編小説がある。これらの作品にも「不穏でユーモラスなアイコンたち」が登場してくる。「首里城下町線」の東江や美原康雄、「あれが久米大通りか」の儀間（お前）、「幻影のゆくえ」のヤスなどがそれである。これらのテクストはいずれも沖縄戦を主題としているが、「不穏でユーモラスなアイコンたち」には、沖縄戦をめぐる定型的な語りを攪乱する役目が与えられているのである。この三つのテクストにおいて〈沖縄戦〉がどのように表象されているかを述べる前に、大城がこれまで沖縄戦をどのように表象してきたかをまず確認しておきたい。

本土、沖縄を問わず、沖縄戦は多くの作家たちによって描かれ続けてきた。しかし、仲程昌徳は、沖縄の作家たちの沖縄戦の表象のしかたが、本土の作家たちのそれと大きく異なっていたことを指摘する。後者が「時代に従順に生きてしまった人々の悲劇」という視点から沖縄戦を掬いあげている（そしてそのために作品がしばしば「鎮魂歌」にとどまっている）のに対して、前者は戦闘そのものの悲劇よりも「戦争によって誘発された沖縄のうめき」を描いているというのだ。「沖縄のうめき」とは、とりわけ「復帰」前後に浮上してきた「日本にとって沖縄とは何であったのか」という問いに対して答えることに他ならず、その答えを求めて沖縄の作家たちは沖縄戦へと突き当たる。そして、沖縄の作家たちは、一つには沖縄そのもの、具体的にいえば、伝統的な文化や人間関係を崩壊させるものとして、そして、二つには差別や蔑視という形をとって顕在化される日本対沖縄という対立図式のなかで沖縄戦を捉えるに至ったのだと仲程は説明する。大城の作品でいえば、前者に該当するのが「亀甲墓」（一九六六年）であり、後者が「棒兵隊」（一九五八年）や「二世」（一九五七年）、「神島」（一九六八年）などであろう。

米須興文によって「専ら土着の脈絡の中で沖縄人のサガをとらえている」と絶賛された「亀甲墓」は、「ドロロン」と地響きをたてる突然の艦砲によって沖縄で亀甲墓とよばれる共同墓に身を隠すことを余儀なくされた善徳、ウシの一家が、戦争という極限状況においても沖縄の基層文化、民俗的な信仰や親族との関係などを頑なに守ろうとする様を描く悲喜劇である。善徳が砲弾に倒れた時、その後妻であるウシは善徳の死を周囲の墓に潜んでいるはずの親戚たちに知らせ一緒に弔ってもらおうと考え、艦砲弾が飛び交う中、善徳の娘のタケ、その情夫である栄太郎を使いに出す。

なぜなら、善徳の弔いを親戚一同で行わないのは「不義理」であり、「ご先祖に申し訳ない」からである。そのような沖縄の伝統的な信仰や人間関係、日常的な生活規範が、戦争によってやがて無残に打ち砕かれてしまうだろうという予兆を示しながら、この物語は静かに閉じられる（「その亀甲墓に、火線はゆっくり、しかし確実に近づきつつあった」）。いわば「亀甲墓」では、戦争によって陵辱される主体としての沖縄が描かれているといえる(1)。

「棒兵隊」では、沖縄戦において避難民から口頭で招集され、武器も持たされずに戦場に駆り出された郷土防衛隊＝棒兵隊の面々が、何度も壕からの追い出しにあい、落ち着いたと思えば危険な任務ばかりを務めさせられ、挙句の果てに友軍であるはずの日本兵からスパイ視され射殺されてしまう悲惨が描かれている。日本軍による沖縄住民の殺害、壕からの追い出しやスパイ容疑による虐殺を取り上げているこの作品は、沖縄における日米戦ではなく、沖縄の対日違和、言い換えるなら被害者としての沖縄（そして加害者としての本土、ヤマト）を描いた「はしり」の作品として鹿野らによって評価されている。

「二世」では、ハワイの沖縄二世で、沖縄戦の組織的戦闘終了後も壕に潜んでいる敗残兵や避難民に投降を呼びかけながら、沖縄で生まれて生死不明になっている弟を探す米陸軍歩兵伍長・ヘンリー当間の、「沖縄人」と「合衆国軍人」の間で引き裂かれる苦悩が描かれている。その引き裂かれる苦悩をもっともよくあらわしているのは、白人兵の「Two japs fight（二人のジャップが喧嘩するぞ）」という奇声によって、ヘンリーが沖縄人であることとアメリカ市民であること、その「双方からはじき出され」てしまう場面であろう。仲程はこのヘンリー当間という存在に、「アメリカ」と「日本」との間で揺れ動く占領下の沖縄の姿を読み取っている。

「神島」は渡嘉敷島の集団自決を題材にとった作品である。集団自決で沖縄戦記にその名をとどめる「神島」を舞台とし、集団自決の真実を探ろうとする田港真行、集団自決を生き残った元校長の普天間全秀や祝女《のろ》である浜川ヤエなど神島の人々、島の観光映画を作製するために沖縄本島からやってきた与那城、それぞれの目的をもって本土から島を訪れている木村芳江、宮口朋子、大垣清彦などの登場人物を配することで、「どこの人間として」「誰のために」沖縄戦を語るのかを問う作品になっていると仲程はいう。また、鹿野によればこの作品は、沖縄を沖縄戦における単なる被害者として位置づけるのではなく、「本土への沖縄からの様々に屈折した想いの一進一退」を鮮やかに描き出すとともに、軍夫や慰安婦として従軍していた「朝鮮人」と島民との関係を問いただすことを通じて沖縄の加害者としての立場を示そうとした作品としても評価されている。

以上の作品において、大城は沖縄戦を描くことを通じて、〈沖縄〉という主体を立ち上げ、本土との関係におけるそのあり方を模索してきたのだといえる。「亀甲墓」では陵辱される沖縄、「棒兵隊」では被害者としての沖縄、「神島」では加害者としての沖縄がそれぞれ主体として立ち上げられ、「二世」や「神島」では本土との関係における沖縄のアイデンティティが問われているのである。しかし、そこで沖縄戦そのものが表象されているのかといえば、必ずしもそうであるとはいえない。大城は一九六七年の芥川賞受賞後に「沖縄で小説を書くからには、一度は沖縄戦を書かなければなるまい」と考えたという。大城は以上の作品において「沖縄戦を書いた」などと決して思っていなかったことがこの発言からわかる(2)。

## （2）パノラマとしての沖縄戦——あるいは沖縄にとっての沖縄戦——

大城が初めて真正面から沖縄戦を取り上げた作品が「日の果てから」である。沖縄の基層文化が崩壊する様が描かれている「亀甲墓」とは対照的に、「日の果てから」においては、沖縄の基層文化との遭遇を通じて沖縄戦を生き残った人々が蘇ることが主要なテーマとされている。沖縄戦について書かれたものはフィクション、ノンフィクションをあわせて多数あり、そのほとんどが戦争の悲惨な面を書いていると大城はいう。そんななか、あえて自分が沖縄戦を書くには、それを書くだけの意味、独自の視点をもたなければならないと考えた大城がたどり着いたのは、「戦争は歴史の終点のようなものでありながら、またそこから蘇る結節点なのだ」という着想であった。

確かに、沖縄戦に限らず「十五年戦争」を書いた本土の作家たちの文学は、仲程の言葉を借りれば、「時代に従順に生きてしまった人々の悲劇」として戦争を描き、「否応なしに戦争に巻き込まれた」という被害者の立場から感傷的に戦争の悲惨さを語ることが多かった。大城はかなり早い時期から、「いかに国のために美しく殉じたか」という感傷に満ちたヤマトの戦争に対する〈語り〉が、戦争に対する当事者意識を欠いたものであることを見抜いていた。そこには沖縄人を犬死させた沖縄戦という意識が欠落していると大城は指摘するのである。そこで大城は、「日の果てから」において、戦争を外部からやってきた自然災害であるかのようにみなし、戦争における当事者性を棚上げにする「悲劇のプロット」とは別の角度から沖縄戦の〈語り〉を試みるのである。

「日の果てから」では、中城村の神女殿内である神屋家の人々、神屋家の当主である仁松が収容されている沖縄刑務所の受刑者たち、中城村出身で辻遊郭のジュリ（遊女）であった初子が看護婦として働く陸軍病院の一行が、沖縄戦の末期、米軍の上陸によって南部島尻へと追われ、逃げ惑い、艦砲弾や火炎放射器によって次から次へとその生命を奪われていく様子が描かれている。戦争は沖縄における新旧の秩序を徹底して破壊する。そのような〈語り〉は、一見すると被害者として感傷的に戦争の悲惨さを語る本土のそれと軌を一にしているかのようにみえる。しかし、「日の果てから」で大城は、亀甲墓、激戦の真っ只中にあっても頑なに固守されようとする沖縄の民俗的な信仰や「シマの論理」、「ものに動じない」オバアの存在、ヤマト兵による壕からの追い出しなど、それまで大城が沖縄戦を表象する際に用いたモチーフやアレゴリーを総動員し、沖縄という主体にとって沖縄戦とは何であったのかを語ろうとするのである。また、沖縄にとって沖縄戦とは何であったのかを語ろうとする際に活かされるのが、「戦争は……そこから蘇る結節点なのだ」という着想である。沖縄戦を生き残った仁松や初子は、御嶽や泉井戸といった沖縄の基層文化を象徴するアイテムとの遭遇を通じて、自らの蘇りを試みる。こうして大城は、「悲劇のプロット」とは別の沖縄戦の〈語り〉に成功するのである。

### （3）〈語り〉の問題

しかし、この〈語り〉に問題がないわけではない。一つには、「蘇りの結節点としての沖縄戦」という、従来にはなかった視点から沖縄戦を語ることに大城が成功しているのだとしても、それは依然として戦争の「外部」から、鳥瞰的に「全体」としての戦争を語るという従来の手法に則った〈語り〉、いわば「パノラマ」的な戦争を語ることに他ならない。そのような〈語り〉は、「たったひとつの必然の物語」に回収される危険性をはらんでいるし、また、語りの位置を外部に置く語り手は、いかなる資格において外部にいるのかを問われることにもなる。長年にわたって大城の論敵であった新川明は、「海洋博」を舞台とした大城の作品「華々しき宴のあとに」（一九七九年）を「いつの時代、いかなる場合でも、みずから他者との抜きさしならぬ拮抗関係を自己の内部で切り結ぶことをしない思想方法をもって、たえずみずからを安全な場所に置き、現実の状況を規定する支配の思想と一定の距離を保ちながら、みずから傷つかない位置をとりつづけている」と批判するが、このとき新川が大城に突きつけた「文学する者の主体性」をめぐる問題は、「日の果てから」でも同じように問われることだろう。

もう一つ指摘しておきたいのは、「日の果てから」における沖縄戦の〈語り〉は、第Ⅳ章でもふれた南島論諸言説と通底しているのではないだろうかという疑いである。田仲によれば、①日本と沖縄は起源を同じくする、②しかし日本は近代化によって古きよきものを失い沖縄にはそれが残された、③基層を共有する両者の出会いは必然である、④ゆるやかな時が流れ心優しき人々が住む沖縄は日本に足りない何かを補ってくれる、⑤沖縄は日本の古層を残す場所、日本が還るべき場所であるという南島論諸言説は、他者のまなざしが築き上げた〈沖縄〉、イメージや商品として消費される「ノスタルジック・オキナワ」や「エキゾチック・オキナワ」というコードに沖縄自らを縛りつけるイデオロギー装置になっているという。

「石の来歴」や「グランド・ミステリー」などの作品で自らも十五年戦争を表象し続ける作家・奥泉光は、戦後における正統的な戦争の語り方の流れを作り出した「二十四の瞳」、「ビルマの竪琴」などの作品が、人々が還るべき場所として「幻想されたアジア的自然性」とでもいうべき場所を準備していること、そしてそのアジア的自然性こそが本来の日本の姿なのだというヴィジョンが実際の植民地支配を隠蔽してしまうことを鋭く指摘している。戦争による徹底的な破壊を逃れ、生き残った仁松や初子に蘇りのきっかけを与える御嶽や泉井戸といった沖縄の基層文化を象徴するアイテムもまた、日本が失ってしまったもの、日本が還るべき場所のアレゴリーとして読まれはしないだろうか？　そして沖縄戦の意味を棚上げにしてしまわないだろうか？　そこまではあと一歩であろう。

成田龍一は、「十五年戦争」についての歴史家の語りが「三つの時期」を経てきていることを指摘する。一九四五年〜六〇年代後半までの第一の語りは、「外からやってきた戦争」に否応なしに巻き込まれた被害者「われわれ」が、被害者である「われわれ」自身に向けた受難の語りである。六〇年代後半から八〇年代後半までの第二の語りは、加害者としての「われわれ」像を提供する語りであり、反戦の意識と対をなしているとされる。そして九〇年代以降の第三の語りは、「われわれ＝国民」の自明性を疑い、誰が誰に向かってどの立場から戦争を語るのかという「語りの位置」を問題にし、記憶をどのような形で表象するのかという意図をもった語りである。大城のテクストにおける沖縄戦の〈語り〉に目を向ければ、大城作品はこの第一の語りから第三の語りまでを順番に辿っているようにみえる。第一の語り＝「棒兵隊」、第二の語り＝「神島」、第三の語り＝「首里城下町線」「あれが久米大通りか」「幻影のゆくえ」となるだろうか。後述する「首里城下町線」以降の沖縄戦を描いた作品において、大城はわれわれ＝〈沖縄〉の自明性を疑い、沖縄戦の記憶をどのような形で表象するのかという点を問題としているようにみえるのである。

## 2．パノラマからレイヤーへ

### （1）〈語り〉のスタイルの更新

「首里城下町線」以降の作品において、大城はこれまでの沖縄戦をめぐる〈語り〉のスタイルを更新する。「首里城下町線」では「外部」からパノラマとしての戦争を語るスタイルが捨てられ、沖縄戦が六二年後の私＝小橋川の視点から回顧されている。「首里城下町線」は、県立一中二年生の時に「通信隊の陸軍二等兵に仕立てられ」、島尻・摩文仁海岸の戦野を生き抜き、現在は東京で暮らしている小橋川英介が、「六十二年前の戦場である記憶」についての確認をすべく、同級生で沖縄戦をともに生き抜いた東江《あがりえ》清昌を首里に訪問するも、戦争の記憶を共有することの困難さに直面するという筋立てになっている。

小橋川は町内の寄り合いで偶然出会った女性から、戦時に生死をともにした鈴木満兵長の最期について問われる。小橋川はおぼろげな記憶をたどるが、その鈴木兵長の姪と名乗るその女性に彼の死んだ日を正確に伝えることができなかった。小橋川は鈴木と最後まで行動をともにした東江を訪れる決心をする。ところが、東江は、一年ほど前から「ぼけ」始めており、小橋川の問いにまともに回答できる状態にはなかった。かつての一中の敷地の間近、そして戦時には野戦壕が掘られていた斜面を望むことのできる場所に建てられた東江の家で彼の妻と対座するに及び、小橋川は次のように感じながら、六二年前に思いをはせる。

「ここを、とくに選んで建てたのですか」／私は奥さんに問わずにいられない。およそ思い出したくない風景なはずだが、という含みをもたせた。／「結構、たのしんで話していましたよ」……夫の戦争の記憶につながる場所に住宅を建てて、そこで暮らしてきた夫婦が、戦争の記憶をどう共有してきたのだろうか。私はひそかに忖度した。（「首里城下町線」『新潮』二〇〇八年二月号、一〇四頁）

東江が肥溜めに落ちた直後に直撃弾が仲間を全滅させたこと、私（小橋川）や東江に厳しく接しながらも時折好意をのぞかせる鈴木兵長との島尻への逃避行、東江との摩文仁海岸での再会と「模造手榴弾」の思い出、「斬り込み」から還らなかった鈴木兵長とレモンパウダーを戦果として持ち帰った東江、捕虜収容所の金網の前で鈴木兵長が還らなかったのを「俺のせいだよなあ」と嘆く東江……。東江と相対することで、小橋川は昔日に想いを馳せるが、今となっては東江と記憶を交流させることは不可能であり、「死んだ日も分からず遺骨もない、それを語りうる人もいない」という事実は、「鈴木の死んだ事情どころかあの彷徨、あるいは人生が存在した記憶さえも島尻の空に蒸発してしまったような錯覚」に小橋川を導く。

帰り際、小橋川は東江の妻の口から、戦後間もなく一中の寮舎跡に建てられ、自分がモデルとなった「少年の像」を破壊した犯人が名乗り出たことを聞かされる。その犯人は小橋川らと同じく一中通信隊で戦死した美原康明の弟・康雄であったという。自分に愛情を注いでくれた年端もゆかぬ兄を戦争に駆り出され、そして喪ったこの男は、「この少年像は永遠に生きようとしている。いかにも平和な姿をして、人間でもないくせに人間以上に生きようとしている。それが憎らしくてならなかった」という理由で少年の像を破壊したことを白状する。それを聞くに及んで、小橋川は思う。

美原の弟との対面の直後に東江はおかしくなったと奥さんが言ったとき、私はその対面が東江にきっと鈴木への悔いを思い起こさせたに違いないと察し、彼の脳裏に戦争の記憶がすべて消えたもののように見えながら、真実はむしろ、この機会により確実に定着したのに違いない、と思った。もう滅びまい。ただそれが表白されないだけだ。生きている者が認識できるかできないかは、そこではごく些細なことではない。(「首里城下町線」『新潮』二〇〇八年二月号、一三〇頁)

「首里城下町線」で主題化されるのは、決して表白されず、それゆえに共有されることのない戦争の記憶である。一中の同窓会館の記念資料展示室で、鉄血勤皇隊と通信隊の戦死者の写真、ショーケースに飾られたその遺書を目にした小橋川は、そのような展示物や出版された戦争記録などに「死んだ者の思いはもちろん書かれていない」「それは永遠の問いである」と思うに至る。実際のところ鈴木兵長がどこでどのように死んだのか、その死に対して東江がどのような悔いを抱いたのか、東江の美原の弟との対面はどのようなものでありそれは彼の精神にどのような影響を及ぼしたのか、また、なぜ彼が戦争の思い出を色濃く残す場所に家を建てたのかを最後まで(そしてこの先も)小橋川は知ることがないし、それは読者にも決して明かされない。それはすべての鍵を握るはずの東江が、語ることのできない者として設定されているからである。(3) ただ一つ明らかなことは、東江が「戦争の記憶に前向きにこだわっていた」ことだけだと小橋川は思う。小橋川は(そして大城は)、戦争の記憶がそのような形でしか存在しえないことを承諾するのである。

## （2）戦場と日常の二重世界

次の作品「あれが久米大通りか」では、沖縄戦が戦場と日常の二重世界として描かれている。摩文仁の壕でたった二人生き残った那覇・上泉町の金貸しである「お前（儀間）」と中隊の命令受領者である坂口上等兵は、投降か自決か敵中突破かという選択肢から、「敵中突破をしてあわよくば生き残」るという北上を選択するが、このテクストの冒頭部分では、二人の北上の道行きであらわになる相互不理解がユーモラスに描かれている。

「ここはどこですか」／坂口上等兵は興味深そうに訊く。三日前の夜に二人で北上を決めて摩文仁を出発したが、足を休める度に訊く。……鳥取県出身の坂口は、いつ死ぬか分からないのでその場所を確かめたいという思いを抱いている。故郷へ知らせる伝を探れるだろうかと、疑いながら求めている。……／「たぶん、斎場御嶽《せーふあうたき》の下」／お前は……古い記憶をよびおこして、いい加減に答えた。……斎場御嶽といったって島の神代の神様の住まいだから、どうせヤマトンチュのあんたには分かるまい……。（「あれが久米大通りか」『新潮』二〇〇八年一二月号、一二九—一三〇頁）

「お前」と坂口、二人の相互不理解、そして二人のやりとりの滑稽さを生み出しているのは、沖縄人の金貸しと「ヤマトンチュ」の兵隊がそれぞれ背負う決して相手と交叉することのない記憶であり、そこから生じるズレの感覚である。「お前」も坂口も、それぞれの記憶の一部を口にするのであるが、それがあまりに断片的であるがゆえに、「お前」は坂口を、坂口は「お前」を理解することができない。先の引用において、「たぶん、斎場御嶽の下」と言った後で、「お前」は三十年も前に親戚と島尻の御嶽を拝んでまわったことを思い出すが、その記憶が坂口に対して開示されることはない。だから、坂口にとって、琉球の始祖「アマミキヨ」が造った七御嶽の一つで琉球王国最高の御嶽として位置づけられる斎場御嶽は「黒々とした丘」以上の意味をもつことがないのである。また、避難民と兵隊が全滅したばかり（そのなかには「お前」の妻豊子も含まれている）の壕の前で、「出雲大社の本殿の真上に、十五夜の月を見たことがあります」と言いだす鳥取県出身の坂口の心情を「お前」は（そして読者も）はかりかねるのである。(4)

「お前」と坂口の記憶が交叉することがないのは、二人の間に沖縄人／「ヤマトンチュ」という隔たりがあるからだといえるが、二人はもう一つの隔たり、戦場／日常を分かつヴェールによっても隔てられている。「お前」は「街で悠々と金貸しをして暮らしていたのに、いきなり戦場に放り出された」ことを不満に思い、それを理不尽なことととして感じている。死体が散乱し死臭が空中を満たす戦場に放り出されても金貸しとしての生活をひきずる「お前」の言動には、この戦争への当事者性が一切感じられない。一方、坂口は「銃を捨て」ることで戦場から逃避しようとするが、命令受領者としての任務から完全に逃れられずにいる。そんな坂口は「お前」と糸数シゲの会話のなかに戦場にあっても揺らぐことない確かな日常生活をみとめ、それを羨ましく思うのである。

しかし、「あれが久米大通りか」の「お前」が住む日常の世界は、たとえば「亀甲墓」の善徳やウシがいるような沖縄の土着的な生活世界ではない。それは債権債務や連帯保証責任といった関係の網の目から成立するきわめて合理的な世界である。二人は佐敷村のあたりで一軒だけ焼け残った金持ちの家を見つける。仏壇にあった位牌の戒名から、「お前」はその家が「お前」の債務者である糸数孝善の家であることを疑うが、孝善の親戚で借金の連帯保証人となっている孝一郎の妻・シゲがその家に現れたことからその予感が正しかったことが証明される。シゲは逃避行のさなかに二人の子どもと夫・孝一郎を喪うが、孝一郎の「借金の支払いを間違いなく努めるようにと、伝えなさい」という遺言を孝善に伝えるために佐敷まで来たのだという。「お前」はそんな愚直なまでに人のよいシゲに対して、孝善の借用書を空襲によって失ったことが「いかにも無念という顔」をしてみせる。また、位牌《とーとーめー》に対して沖縄人らしい信仰心を示すシゲを「お前」は理解することができずにいる。そのように、「お前」は沖縄的な土着の世界から乖離した存在として描かれているのである。

「お前」と坂口、シゲの三人は、「お前」の妻の実家がある西原村まで行き、実家の亀甲墓の中でゆっくり眠るが、翌朝になって坂口がアメリカ兵に捕らえられてしまう。「お前」はいま自分が確実に生きていることを確かめるため、シゲと二人で那覇を目指す。生きていることを確かめるために、孝一郎が担保物件とした百坪の土地が間違いなく存在していることを確認する必要が「お前」にはあったのだ。二人が担保の土地のある久米町で見たものは瓦礫の山と米軍が張り巡らせている有刺鉄線であった。担保の百坪の土地も有刺鉄線の向こうにある。その状況を前にしたとき、シゲは「お前」に「行けなくても（その土地が）見えるんではないですか」と語りかけ歩み寄る。それに対して「お前」は答える、「あんたには見えるか？……いや。見えるか見えないかではないのだ」と。お前とシゲはお互いを理解することができないまま、アメリカ兵の銃によってその対話を絶たれてしまうのである。

　大城は「あれが久米大通りか」でこれまでとはまったく別の角度から沖縄戦を語ろうとする。

「お前」は「否応なしに戦争に巻き込まれた」ことを理不尽なこととして受け止めているのだが、決して戦場の被害者の地位に甘んじることはなく、あくまで自らの日常を貫き通す[5]。しかし、「お前」が生きる日常生活世界とは、不可避的に南島論諸言説と結びついてしまうような、あるいは植民地支配を隠蔽してしまうような沖縄基層文化の世界ではない。時に情に棹さされることはあるにしても（孝一郎の妹と恋仲になっていた息子の秀哲に懇願され、「お前」は孝一郎の連帯保証責任を解く決意をする）、「お前」は沖縄の土着的な世界とはおよそ無縁な、冷徹で合理的な経済規則が支配する世界、債権債務という関係の網の目から成り立つ世界の居住者である。そのような世界に生きる「お前」からすれば、「銃を捨てた」「ヤマトンチュ」などはもはや畏怖の対象ではない。「お前」にとって坂口とは、滑稽きわまりない、愛すべきであると同時に軽蔑の対象となるような存在にすぎない。また、沖縄基層文化の世界に浸って生きるシゲも、「お前」の視線を通じて愛しくも理解不能な存在として描かれている。「不穏なアイコン」である「お前（儀間）」は、そのように近代戦たる沖縄戦を、そして沖縄の基層文化の世界を相対化していき、その二重のズレが読者の笑いを誘うのである。

## （3）レイヤーとしての沖縄戦

続く「幻影のゆくえ」では、沖縄戦において「嘉手納に上陸したというアメリカ軍に追われ」、中頭郡中城村から島尻へと逃げ、ガマ（洞窟）や亀甲墓を転々とする祖母ウタ、母ヤス、一三歳で国民学校高等科一年に進級したばかりの照雄の三人家族の運命が描かれている。防衛隊に招集された父の栄信は、照雄が生まれる一年前に一家の隣部落に住むトミ子と懇ろになり、照雄の異母姉にあたるツル子を生ませる。ツル子は小学生にあがる頃、家の生活苦から那覇の辻町遊郭に遊女《ジュリ》として売られるが、ツル子の存在が栄信、ヤスの夫婦仲をぎくしゃくしたものにしている。ヤスは、「ドロロン」と艦砲弾が飛び交う中、砲弾の破片が通りすがりの男性の肩をもぎとるのを目の当たりにして正気を失う。「狂人《フリムン》」になることによってヤスは「常人に見えないもの観る霊的能力」を得、一家が身を隠すべきガマや亀甲墓のある場所を言い当てたり、艦砲が着弾する場所やガマの中にハブが潜んでいること、そして一家が身を隠すガマの下に広がる部落（安座真部落）にツル子がいることを予見したりする。

このテクストでは、大城のこれまでの沖縄戦の〈語り〉が反復されている。父親不在の一家が〈オバァ〉の存在を心の拠りどころとしながら島尻へと死の逃避行を続ける、あるいは遊女のツル子にとって沖縄戦がその身分から解放されるきっかけをつくった等のプロットには「日の果てから」の、日本の兵隊の闖入によって一家がガマから追い出されるという件には「棒兵隊」の、そして、一家が避難した亀甲墓の持ち主が戦闘の激化するなか「父親が死んだので……一旦家に戻って仏壇に弔いの報告をしてきた」というエピソードには「亀甲墓」のモチーフをそれぞれ読み取ることができるのである。しかし、大城がこのテクストで提示するのは、その定型的な沖縄戦の〈語り〉にとどまらない。その定型的な沖縄戦についての〈語り〉を第一の物語とすれば、大城はそれに第二の物語、第三の物語を重ね合わせてゆくのである。

照雄は子どもながらも、行く先々で水汲みや食料調達など危険な任務を請け負い、ウタや狂人となったヤスを庇護しながら逃避行を続ける。最初に入ったガマで、照雄は、空襲で那覇辻町を焼け出され、アンマー（遊女の抱え親）の実家に避難していた異母姉のツル子と再会する。また、そのガマの中で一家は、「銀行松田」とよばれる那覇の金持ちで、ツル子の「水揚げ（遊女が初めて客と寝所で接すること）」の相手となるはずだった松田と邂逅する。日本軍の闖入によって一〇日いたガマを追い出された一家は、松田夫婦やアンマー一行と行動をともにするが、ヤスの導きにより知念城のそばで口の空いた亀甲墓を見つけ、その中に落ち着く。アンマーは、一行が隠れている墓の近くに焼け残った別荘を利用して松田と約束していたツル子の「水揚げ」を果たそうとするが、ツル子を守ろうとする照雄の無意識の行動によって計画は不首尾に終わる。照雄の邪魔に腹を立てたアンマーは、照雄に平手打ちを食わすが、それを目撃した母親のヤスによって「頭蓋に香炉が振り下ろされ」、殺されてしまう。ヤスが「狂気とはいえ殺人罪を犯した」ことを伝え聞いた元巡査の仲里は、ヤスを告発することが必要なのではないかと考え一家と行動を共にするが、艦砲弾によって命を奪われてしまう。ここで大城が描いてみせるのは、「あれが久米大通りか」の「お前（儀間）」がそうであったように、戦場に放り出されながらも、なお世俗的かつ功利的な日常を生き抜こうとする沖縄人の姿である。死が目前に迫っている戦場においてすら、銀行松田の性的な欲望は萎えることがないし、元巡査の仲里はヤスを告発するという官憲としての使命に囚われている。また、アンマーは職業的な自負と功利的な動機からどこまでもツル子の「水揚げ」を全うしようとする。大城の言葉を借りれば、「幻影のゆくえ」の登場人物たちは、「戦場のなかで十分に生活をひきずりながら、したたかに生きてゆく」のである。この戦場におけるツル子の「水揚げ」をめぐる悲喜劇、「沖縄モダニズム」（太田好信）とでもよぶべき悲喜劇を、大城は第二の物語として第一の物語に重ねるのである。第二の物語に照準を合わせるなら、第一の物語は第二の物語の単なる背景に過ぎない。

照雄と水汲みに出たツル子は、一行と別れて「お母とお祖母が帰っているかもしれない」中城村屋宣へ行くという決意を照雄に告げる。アンマーが死んだことは気の毒であるが、今自分は遊女の身分から解放された嬉しさに満たされている、この解放感を十分に味わうには故郷に帰るのが一番だとツル子はいうのである。そして、ツル子を見送って墓に戻った照雄は、ウタが砲弾に倒れたことを知らされる。号泣した後、照雄は眼下に向けて叫んでいる母ヤスの幻視に思いを及ばせる。それは「お父」、ヤスには夫である栄信を見ているのか、それともツル子の姿を見ているのか……。そして、照雄は、「ヤスの幻視がツル子の願いの成就のために、何らかの助けになればよい」と十六夜の月に祈るのである。

ここで第三の物語についてふれておかなければならないだろう。大城は第三の物語を紡ぐ。それは幼い時に生き別れた照雄とツル子という異母姉弟が過酷な戦場において運命的に邂逅し、弟の照雄は松田とアンマーの策略から姉であるツル子を護りぬき、やがて二人は成長し戦場で別々の道を歩みだすという、そのまま「オナリ神信仰」に通じるような美しい姉弟愛の物語である。

「ツル子も連れて行きましょう」／照雄の提案は大人っぽい。／「なぜ?」／「なぜでも」／照雄は理由を言いたくなかった。アンマーがいなくなったら、シズエや文子に苛められそうな予感がする。それから守ってやりたかった。……「ツル子……」／と照雄がよびかけて、「手をつなごう」／ツル子が素直に腕を伸ばし、照雄の手を握った。それを松田が見て、もう諦めろと自分に言い聞かせた。（「幻影のゆくえ」『新潮』二〇一〇年九月号、九八頁）

「オナリ」とは沖縄方言で「姉妹」を指し、姉と妹には男のきょうだいを加護する力があるとされ、その霊力に対する信仰を「オナリ神信仰」という。照雄は一見ツル子を加護しているようにみえるが、実はツル子を崇拝することでその霊力によって加護されているともいえるのである。大城はそのようにして「幻影のゆくえ」のなかに、沖縄の基層文化をモチーフとする物語をさりげなく挿入するのである。

三つの物語は、三つのレイヤー（Layer）として相互補完的な関係にありながらも、それぞれが自律しているといえる。たとえば、戦場に放り出され島尻を逃げるだけの第一の物語の住人（元区長の池山、元校長の渡名喜、アンマーの連れのシズエや文子など）には、第二の物語を生きるアンマーや松田の策略がみえていない。また、アンマーや松田はなぜ照雄がツル子を守ろうとするのか理解できずにいるのだが、それは照雄とツル子が姉弟であるという、第三の物語のモチーフがみえていないからである。いいかえれば、「幻影のゆくえ」では、第一から第三の物語を一貫したナレーションとして成立させる定点が存在しないのである。いや、三つの物語を鳥瞰できる立場にある者が一人だけ存在する。それは狂人《フリムン》となった照雄の母ヤスである。しかし、ヤスは狂人であるがゆえに結局〈語る〉ことができない。そのような設定を与えられているのである。このようにして大城は「たった一つの必然の物語」に回収されない沖縄戦の〈語り〉にたどり着くのである。

## 3．終わりに

本土、沖縄を問わず、あるテクストにおいて表象される沖縄戦、あるいは沖縄戦の記憶は不可避的に沖縄の現在（いま）と結びつけられる。阿部小涼は、渡嘉敷島の「集団自決」をめぐるノンフィクションである曾野綾子『ある神話の背景：沖縄・渡嘉敷島の集団自決』の読まれ方を導入として、「あまりに沖縄的な死」（仲里効）である「集団自決」をめぐる沖縄戦の記憶がどのように語られてきたのか整理をする。そして、たとえば宮城晴美やその母、初枝などによる沖縄戦に関する女の〈証言〉とは「終わることのない審究のなかにある、現在の生との関わりから導き出される問題系」に他ならず、それは沖縄戦を過去のこととして記録し真実であるか否かという枠組みのなかに矮小化し、様々な発話を国家の物語として回収する暴力装置への抵抗であると断言する。沖縄戦を〈証言する〉ことは、「戦後」と呼ばれる時期を奪われ続けてきた沖縄の現在に係わる言説の闘争なのである。

また、沖縄の戦記を分析し続けてきた仲程昌徳は、記録フィルムで紹介された白い旗を掲げる少女の姿をモチーフとし新川明が「文」を、儀間比呂志が「版画」を担当した「りゅう子の白い旗」において表象される沖縄戦が、実在する「白旗の少女」である比嘉富子の実体験を再現したものではなく、四〇年経って、新川・儀間によって選び取られた戦場であることを指摘する。新川・儀間による「日本兵批判を前面に押し出した」テクストと当の「白旗の少女」によって語られる「事実」（比嘉富子『白旗の少女』）を丁寧に比較し、その食い違いを指摘した仲程は、「『実相』『実録』『事実』に基づかない戦記は戦記としての価値などないが、あえて『実相』『実録』『事実』によらないことで、より深い『真実』が照らし出される場合もある（傍点引用者）」と結論する。新川・儀間によって〈選び取られた〉沖縄戦は、「実相」「実録」「事実」を超え、日本の独立とひきかえに米国の占領下に投げ出され、有事の際には前線基地と化す沖縄の現在という「真実」を照射するのである。そこに現在（いま）において沖縄戦を表象する意義があるのだ。

大城よりも数世代下の世代にあたり、沖縄戦の体験がない戦後世代の大城貞俊や目取真俊といった作家たちもまた、沖縄の現在に連なる沖縄戦を描いているといえる。[6] 鈴木智之は、戦時の暴力の痕跡を「過去」のものとして想起することを許さない、鈴木の言葉を借りれば、「始まろうとしない〈戦後〉を生きる」沖縄の日常を書いた大城貞俊の『G米軍野戦病院跡辺り』について精緻なテクスト分析を行い、そこに収められている四つの物語が「今この日々を生きていくためには、いつまでも過去の桎梏にとらわれず、記憶の呪縛から抜け出していかねばならない」が、しかし、同時に「今、この日々を生きていくためにも、無数の死者たちの思いを引き継ぎ、過去と向き合い続けなければならない」という二律背反を抱え込んでいることを指摘している。沖縄に戦後などないと主張する目取真（『沖縄「戦後」ゼロ年』）とともに、大城貞俊もまた「今この日々」と確かに繋がる沖縄戦を表象し続けているのである。

「首里城下町線」から「幻影のゆくえ」までのテクストにおける大城による沖縄戦の表象は、たとえば「首里城下町線」が典型的にそうであるように、沖縄戦の記憶、沖縄戦の〈証言〉や〈選び取られた〉沖縄戦を問題とし、沖縄戦を〈沖縄〉の現在（いま）と結びつけているという点で、戦後世代の沖縄の作家たちのそれと近接してきているといえる。しかし、大城と戦後世代の作家たちとで決定的に異なっているのは、後者が日常のなかの沖縄戦を書こうとしているのに対して、前者は沖縄戦のなかの日常を書こうとしている点であろう。その傾向がはっきりあらわれているのは「あれが久米大通りか」や「幻影のゆくえ」といったテクストである。戦前の生まれでありながら沖縄戦を直接体験していない大城が表象するそのような沖縄戦に、沖縄の閉塞的な状況を打破する突破口、たとえば太田好信のいう「沖縄モダニズム」を発見することには飛躍があるだろうか?

**【注】**

(1)比屋根薫や加藤宏は、「亀甲墓」を「伝統的な共同体的感性」が「近代戦」を相対化していく(あるいは逆に「伝統的な共同体的感性」が「近代戦」によって相対化される)テクストとして解読しているが、ここでは、「亀甲墓」を「亀甲墓というものに収斂されていく沖縄における人間関係が、戦争によってつきくずされてしまったことをえがこうとした」(仲程昌徳)テクストとしてみる仲程の説を採りたい。

(2)「亀甲墓」、「棒兵隊」、「二世」は芥川賞受賞以前の作品である。「神島」は受賞翌年の作品であるが、直接沖縄戦を描いた作品ではない。

(3)大城から直接聞いたところによれば、この作品はまず「首里城下町線」というタイトルが頭に浮かんだという。そのタイトルと、長年の友人がパーキンソン病を患ったことを知った時に抱いた「もう、彼と戦争の記憶を共有することはできない」という感慨が結びついてこの作品は生み出された。

(4)読者には登場人物の記憶が一部開示される。その記憶を語る視点を留保するために「あれが久米大通りか」の主人公・儀間は、「儀間」ではなく「お前」とよばれなければならなかったのだろう。

(5)「あれが久米大通りか」の着想のきっかけとして、大城は「生活の中に戦争がきたらどうなるのか?」という問いがあったということをわたしたちに語ってくれた。高利貸しであるお前(儀間)は、貨幣が戦場ではまったく価値をもたないのにもかかわらず、「借用証」や「金庫」へのこだわりを捨てきれずに、既に無効であるかもしれない債権債務関係を確認するため焦土と化した戦場をさまよう。大城の言葉でいうなら

「捨てきれない日常」がそこにあるのだ。

（6）与那覇恵子は、田場美津子「仮眠室」を取り上げ、沖縄戦を描く戦後生まれの男性作家のテクストには沖縄戦を想起させる装置として「幽霊」や「死者」が登場する一方で、女性である田場のこのテクストでは、〈私〉の〈身体〉を装置として沖縄戦が発動されていることを指摘している（与那覇、二〇一〇）。

**【参考文献】**

阿部小涼、二〇〇八年、「記憶をめぐる終わらない闘争――沖縄戦の証言といま、ここについての覚書――」、『東京女子大学比較文化研究所紀要』第六九巻、東京女子大学比較文化研究所
新川明、二〇〇〇年、『沖縄・統合と反逆』筑摩書房
比屋根薫、一九九二年、「大城立裕『亀甲墓』ドロロンのエクリチュール」、『新沖縄文学』第九一号
鹿野政直、一九八七年、『戦後沖縄の思想像』朝日新聞社
加藤宏、二〇〇八年、「戦後沖縄文学における『伝統のゆらぎ』『近代のゆらぎ』――大城立裕・目取真俊・又吉栄喜の小説から――」、『研究所年報』、明治学院大学社会学部付属研究所
川村湊・成田龍一・上野千鶴子・奥泉光・イ・ヨンスク・井上ひさし・高橋源一郎、一九九九年、『戦争はどのように語られてきたか』朝日新聞社
米須興文、一九七六年、「『亀甲墓』のこと」『土とふるさとの文学全集』月報一〇号、家の光協会（一九九一年『ピロメラのうた――情報化時代における沖縄のアイデンティティ――』沖縄タイムス社に収載）
仲程昌徳、一九八二年、『沖縄の戦記』朝日新聞社
仲程昌徳、二〇〇八年、『アメリカのある風景――沖縄文学の一領域――』ニライ社

仲程昌徳、二〇〇九年、「沖縄戦をめぐる言説——「白い旗」の少女をめぐって——」、『日本東洋文化論集（琉球大学法文学部紀要）』第一五号、琉球大学法文学部
仲程昌徳、二〇〇九年、『小説の中の沖縄—本土誌で描かれた「沖縄」をめぐる物語——』沖縄タイムス社
大城立裕、一九七七年、「沖縄③戦跡」、『朝日ジャーナル』一月二一日号
大城立裕、一九九七年、『光源を求めて——戦後50年と私——』沖縄タイムス社
大城立裕、二〇〇〇年、「著者から読者へ——歴史のなかの戦争」、『日の果てから』講談社（講談社文芸文庫）
大城立裕、二〇一一年、「私の沖縄戦小説・戯曲」、『季論21』第一一号
太田好信、二〇〇一年、『民族誌的近代への介入——文化を語る権利は誰にあるのか——』人文書院
鈴木智之、二〇〇八年、「始まろうとしない「戦後」の日々を—大城貞俊『G米軍野戦病院跡辺り』（二〇〇八年）における「沖縄戦の記憶」の現在—」、『社会学志林』一九七号、法政大学社会学部学会
田仲康博、二〇一〇年、『風景の裂け目　沖縄、占領の今』せりか書房
与那覇恵子、二〇一〇年、「身体に刻み込まれた〈沖縄戦〉」、加藤宏・武山梅乗編『戦後・小説・沖縄—文学が語る「島」の現実—』鼎書房

# あとがき

私と大城立裕との初めての遭遇は、大学院在学時、私が芥川賞制度の研究に着手したときのことである。「カクテル・パーティー」によって沖縄で初めて芥川賞を受賞した大城立裕という作家がいる、当時の私の大城に対する認識はその程度のものであった。その後、私の指導教授である松島浄先生が明治学院大学で主宰し後に「沖縄文学研究会」とよばれる文芸のローカリティを研究テーマとする研究会に参加し、一九九八年、その研究会のメンバーとして沖縄の地を踏んだ。以前に芥川賞制度の研究のなかで知りえた僅かな知識が私を大城立裕研究へと向かわせた。そんな単純なきっかけではあったが、大城の手による厖大な作品やエッセイ、そしてそこからうかがい知ることのできる大城立裕という作家の歩みは、たちまち社会学者である私を夢中にさせた。

社会学者であるというのが私の揺るぎないアイデンティティである。文学という一見きわめて個人的にみえる営為に私が社会学者として注意を向けるようになったのは、もう一人の指導教授である今は亡き金丸由雄先生の影響であろう。金丸先生は私に対する助言のなかで「一見 idiosyncratic（個人に特有）にみえるもののなかにこそ social（社会的）なものが眠っている」と繰り返しおっしゃっていた。その助言に従うように、私は大城の小説作品のなかに沖縄的なものを発見しようとし、また、そのエッセイや〈沖縄文学〉というアート・ワールドのなかで大城が描く軌跡のなかに沖縄に生きる人々のアイデンティティや沖縄とヤマトとの関係性を探ろうとした。しかし、その私の試みに反省がないわけではない。私は私の研究が社会学的であることにこだわるあまり、テクストが生成される文脈、いわば「制度」の問題を強調しすぎる一方で、大城のテクストそれ自体にはほとんど注意を向けなかった。本書を構成する各章のうち、最初に書かれた第Ⅰ章はとりわけその傾向が強いといえる。

また、私が文学を社会学的に理解するうえで依拠してきたのは、象徴的相互作用論、とりわけ本書序論でもふれているH・ベッカーの「アート・ワールド（art worlds）」という概念である。社会を自由な主体者が相互作用を繰り返しながら意味を解釈していく過程であるとみる象徴的相互作用論のアイディアを芸術とよばれる現象に援用したベッカーのこの概念は、今では私の社会学者としての姿勢をあらわすものとなった「idiosyncratic なものにこそ social なものが眠っている」という金丸先生の教えと親和性をもっている。しかし、本書第Ⅰ章のベースとなった論文を書く段において、私はやはりこのアート・ワールドという概念のもつ含みを十分に活かしえなかった。

転機が訪れたのは、本書の第Ⅲ章にあたる論文「〈沖縄〉から普遍へ」を執筆したときである。第Ⅲ章では大城が「戦争と文化」三部作を転機として〈沖縄〉という呪縛から解かれ、普遍に達したと自覚する過程を論じているが、そのように論じるなかで私自身も社会学という縛りから解き放たれる自分を感じることができた。その感覚、制度のなかに大城のテクストを縛りつけることなしに、大城のテクストそれ自体を論じることがそのまま沖縄や沖縄とヤマトとの関係を論じることにつながっていくような、あるいは文学を論じることがそのまま社会学であるような感覚は、今なお私のなかで確かに続いている。

本書は、そのような視点、そのような経過で書かれた私の大城立裕論を、書かれた順番通りに一冊の本としてまとめたものである。各章はもともと個別の問題意識にもとづいて書かれた独立した論文なので（各章に重複する記述が度々見受けられるのはそのことに由来している。その点お含みおきいただければ幸いである）、本書の内容を一言で述べるのは難しいが、あえていうなら、この本では、大城立裕という作家が、あるいはその手によるテクストが、〈沖縄〉なるものへの「付きと離れ」の振幅を経て、〈沖縄〉なるものから解き放たれていく過程と、〈沖縄〉なるものから解き放たれた大城のテクストの現代的な意義とが論じられているといえる。「戦争と文化」三部作の途中まで、大城作品、あるいは大城立裕という作家その人は、色々な意味で〈沖縄〉なるものに縛られていたのではないだろうか。本書の分析によれば、そのことは〈日本文学〉と〈沖縄文学〉の界面という大城の立ち位置に由来する。本書の前半部分はまさにその点を問題としている。しかし、「戦争と文化」三部作以降、大城の創作技法は大きな変貌を遂げる。最近の大城作品においては物語に不穏な空気を醸すキャラクター「不穏でユーモラスなアイコンたち」がしばしば登場する。本書の後半部分では、その「不穏でユーモラスなアイコンたち」を起点とし、最近の大城作品を複数の声が輻輳するポリフォニックなテクストとして再読していくことが試みられている。

大城作品をそのように読むことは、太田好信風にいうなら、沖縄において暴力を乗り越え多様性に向かって開かれた文化が「いまここで」生成されつつあるというオルタナティヴな物語の前景化を通じて、歴史に拘束されつつもそのことによって思いもよらない自由な未来へと連なる途が存在していることをわたしたちに教えてくれるだろう。また、大城のポリフォニックなテクストは、普天間基地移設、尖閣諸島、原発再稼働といった問題を抱え政治的にも経済的にも閉塞的な状況にある日本というこの国に生きるわたしたちに対して、国民国家やグローバル経済の成り立ちの危うさや、その根源的な矛盾を厳かでありながらもどこかユーモラスに突きつけてくることだろう。

各章の初出は以下の通りである。初出原稿に大きく手を入れてはいないが、読者の読みを円滑にするために参考文献の簡易表示はすべて外し、重複する部分はできるだけ削除した。また特に新たに付け加えるべき点は注として加筆しておいた。

序章　書き下し（ただし、「戦後における〈沖縄文学〉の規準—自律と従属の狭間で—」、『年報』第三三号、二〇〇二年、明治学院大学社会学部附属研究所及び「主体性をめぐる闘い—戦後〈沖縄文学〉におけるコンヴェンションの「不在」と代替としての自己準拠—」、『駒澤社会学研究』第三六号、二〇〇四年、駒澤大学文学部社会学科を下敷きとした部分がある）

第一章　「青春の挫折、〈沖縄（オキナワ）〉、そして複眼—「大城立裕という主体」論—」、『現代沖縄文学の制度的重層性と本土関係の中での沖縄性に関する研究—沖縄文学をとりまくメディア、基層文化、女性—（科学研究費補助金研究成果報告書）』、二〇〇六年、沖縄文学研究会

第二章　「〈沖縄〉と自己のはざまで—大城立裕と二つの戦争—」、『沖縄文学の諸相』、二〇〇九年、沖縄文学研究会

第三章　「〈沖縄〉から普遍へ—大城立裕「戦争と文化」三部作という企て—」、明治学院大学『社会学・社会福祉学研究』第一三三号、二〇一〇年、明治学院大学社会学会

第四章　「不穏でユーモラスなアイコンたち—大城立裕における沖縄表象の可能性—」、『駒澤社会学研究』第四三号、二〇一一年、駒澤大学文学部社会学科

第五章　「パノラマからレイヤーへ――大城立裕による沖縄戦の表象――」、『戦後沖縄文学と沖縄表象（科学研究費補助金研究成果報告書）』、二〇一一年、沖縄文学研究会

本書を出版するにあたって多くの方々にお世話になった。まず大城立裕氏その人に感謝したい。氏は私が一方的に送りつける不遜な大城論に対して嫌な顔一つ見せず、それがこのような形で展開していくのを常に温かく見守って下さった。また、わたしたちの研究会を受け入れ根気強くつきあって下さっている沖縄の方々、松島浄先生をはじめとする沖縄文学研究会のメンバーにも謝意を表したい。本書の出版を引き受けてくださった晶文社の太田康弘さん、編集においては並々ならぬ苦労をおかけした風日舎の吉村千穎さん、村井清美さんには心よりお礼申し上げたい。そして最後に、研究者として生きることを決断した私を時に厳しくも常に温かく見守ってくれた父と亡き母にこの場を借りて感謝したい。本当にありがとうございました。

武山梅乗

二〇一三年二月八日

## 著者について

**武山梅乗**（たけやま・うめのり）
1968年、宮城県生まれ。駒澤大学文学部非常勤講師。共著に『社会学の扉をノックする』（学文社）、『戦後・小説・沖縄』（鼎書房）、『新しい社会学を学ぶ』（学文社）など。

# 不穏《ふおん》でユーモラスなアイコンたち
## ――大城立裕の文学と〈沖縄〉

二〇一三年三月二五日　初版

著者　武山梅乗
発行者　株式会社晶文社
東京都千代田区神田神保町一―一一
電話（〇三）三五一八-四九四〇（代表）・四九四二（編集）
URL http://www.shobunsha.co.jp

企画・編集　風日舎
印刷・製本　モリモト印刷株式会社



ISBN978-4-7949-6799-2　Printed in Japan